उपन्यास

कुलटा

कुलटा

राजेन्द्र यादव

राधाकृष्ण प्रकाशन

पहली बार 1995 में 'मंत्र-विद्ध और कुलटा' शीर्षक से प्रकाशित

ISBN : 978-81-19989-05-8

कुलटा

पहला संस्करण : 2025

मूल्य : ₹495

प्रकाशक

राधाकृष्ण प्रकाशन प्राइवेट लिमिटेड
जी-17, जगतपुरी, दिल्ली-110 051

शाखाएँ : अशोक राजपथ, साइंस कॉलेज के सामने, पटना-800 006
पहली मंजिल, दरबारी बिल्डिंग, महात्मा गांधी मार्ग, प्रयागराज-211 001
1, अनमोल सोराबजी सन्तुक लेन, धोबी तलाव, मरीन लाइंस, मुम्बई-400 002

वेबसाइट : www.radhakrishnaprakashan.com
ई-मेल : info@radhakrishnaprakashan.com

मुद्रक

विकास कंप्यूटर एंड प्रिंटर्स
ट्रॉनिका सिटी-201 102

KULTA
Novel by Rajendra Yadav

मिसेज़ तेजपाल कुलटा थीं।

बीनू के मुँह से जब मैंने यह सुना कि मिसेज़ तेजपाल कुलटा हैं तो सचमुच दिल को बड़ा धक्का लगा। मैं तो स्वप्न में भी नहीं सोच सकता था कि ऐसी सुन्दर, हँसमुख और सौम्य-शिष्ट महिला भी 'कुलटा' हो सकती है। कैसी मस्त थीं, कैसी अच्छी तरह मिलतीं, कितनी आत्मीयता से गप्पें लड़ाती थीं वे! मुझे क्या पता था कि वे वास्तव में हैं क्या? दाँतों में अगर मिस्सी लगी होती, काजल की लम्बी-लम्बी लकीरें आँखों से बाहर खिंची होतीं, पाउडर पुते गालों पर रूज़ लगा होता, पान से होंठ और ख़ासतौर से मुँह के कोने रँगे होते, पत्तीदार बालों के नीचे ईयररिंग झूल रहे होते और भौंहें मटका-मटकाकर बातें करतीं—तब तो कोई बात ही नहीं थी। पहली मुलाक़ात में ही मैं भाँप जाता कि वे कुलटा हैं। लेकिन अब बीनू की बात से मुझे दुख कम, आश्चर्य ही अधिक था। मानना पड़ता है कि मिसेज़ तेजपाल ग़ज़ब की अभिनेत्री रही होंगी (कॉलेज के नाटकों में वे सर्वश्रेष्ठ अभिनेत्री मानी जाती थीं, यह उन्होंने ख़ुद बताया था) तभी तो उन्होंने मुझे कतई ऐसा सन्देह नहीं होने दिया। उन दिनों उन्हें लेकर जो-जो बातें मेरे दिमाग़ में आया करती थीं, वे बिलकुल ही दूसरी तरह की थीं।

फिर भी बीनू ने मुझे जो कुछ बताया, उसे मान लेने के सिवाय कोई चारा नहीं है...वह अलसेशियन कुतिया, वह गोलियों का फूल, वह गाने की आवाज़...वे सब झूठे थे; असली बात का पता तो अब चला है...

साल-भर बाद ही जब कम्पनी ने दुबारा स्पेशल ट्रेनिंग के लिए कलकत्ता भेज दिया तो क़दम ख़ुद-ब-ख़ुद कॉफ़ी-हाउस की तरफ़ उठ गए। पिछले दिनों कलकत्ते के अलग-अलग हिस्सों में चार साल रहा था। उन दिनों कोई भी दिन नहीं गया जब कॉफ़ी-हाउस जाना न हुआ हो। अभ्यास ही कुछ ऐसा हो गया था कि शहर के चाहे जिस हिस्से में रहूँ, रोम की तरह सारे रास्ते मुझे कॉफ़ी-हाउस ही ले जाते। यह 'मिलन-मन्दिर' था।

घुसते ही निगाह मेजर तेजपाल पर गई। हाँ, वे ही तो थे। आईनों-जड़े खम्भे की तरफ़ मुँह और दरवाज़े की तरफ़ पीठ किये वे ही बैठे थे। लेकिन कपड़े साधारण नागरिकों के थे। दोनों हाथ पंजों तक अपनी पैंट की जेबों में अटकाए, कुहनियाँ इधर-उधर निकाले, वे शीशे में देख-देखकर इस तरह हँस रहे थे जैसे कोई उनकी बग़ल में गुदगुदी कर रहा हो! एक क्षण को मैं झिझका—शायद वे न हों, लेकिन सामने शीशे में मुझे अपनी परछाईं के साथ-साथ उनकी परछाईं भी दिखाई दे रही थी। हाँ, तेजपाल ही तो हैं। मगर वे और कॉफ़ी हाउस में? सो भी ऐसे ढीले-ढाले बैठकर यों हँसते हुए! जैसे अपने मन से यही बात हटाने के लिए मैंने गर्दन ऊँची करके सारी मेज़-कुर्सियों पर निगाह डाली। इसे तो वे दुनिया-भर के आवारा और लफंगों का अड्डा कहा करते थे।

मैं पास जाकर खड़ा हो गया और वे उसी तरह शीशे में अपने-आपको देख-देखकर हँसते रहे। सामने मेज़ की काली सतह पर आधा कप कॉफ़ी और ख़ाली प्लेट रखी थी। पास से देखा—हाँ, वही जहाँगीरी ढंग की कुछ-कुछ सफ़ेदी लिये नीची-नीची क़लमें और टेलीफ़ोन के चोंगे जैसी भारी-भारी मूँछें। और इस सब काले रंग के बीच से झकझकाता लाल-सुर्ख़ रंग। मेरा

ख़याल था कि वे उछलकर खड़े हो जाएँगे और अपनी उसी भव्य अदा से हाथ मिलाएँगे, और हाल-चाल पूछेंगे। लेकिन जब वे यों ही बैठे रहे तो मैंने पूछा, "मैं यहाँ बैठ जाऊँ?"

वे उसी अलमस्त भाव से हँसते रहे। दूर औंधी थाली को छाती से चिपकाए अँगुलियों से उन पर बहुत हल्के-हल्के ताल देता, लाल पेटीवाला बैरा उन्हें देख-देखकर मुस्करा रहा था। हो सकता है, यह तेजपाल की शक्ल से मिलती-जुलती शक्ल के और कोई साहब हों! मैंने फिर पूछा, "यह कुर्सी क्या ख़ाली है?"

उन्होंने बिना सिर घुमाए ही, मानो मुझे शीशे में देखकर कहा, "बैठो!" उनकी आवाज़ ऐसी थी, जैसे वे बैरे से कह रहे हों—पानी लाओ। मुझे बुरा लगा। मन हुआ, कहीं और बैठ जाऊँ लेकिन हॉल भरा था। मेज़ पर किताब रखते हुए मैंने फिर उन्हें ग़ौर से देखा कि शायद वे अभी भी पहचान लें। वे यों ही बेख़बर शीशे में कुछ देख-देखकर मुस्कराते रहे। नहीं, ये मेजर तेजपाल नहीं हैं। मैंने कॉफ़ी मँगाई। शक्ल की समानता पर ऐसे भ्रम कई बार हो जाते हैं। अचानक उन्होंने किताब उठा ली और उसे आँखों के बिलकुल पास ले जाकर उलट-पलटकर इस तरह देखने लगे, जैसे सूँघकर किताब की क़िस्म का पता लगा रहे हों! मुझे हँसी आ गई। जाने कैसे उन्होंने जान लिया कि मैं हँस रहा हूँ। झटके से मेरी ओर देखा और आँखें मिलते ही हम दोनों मुस्कराए। बीयर के अन्दाज़ से गिलास के पानी को पीते हुए मैंने पूछा, "आप क्या इस शहर में नये आए हैं?"

उन्होंने किताब जहाँ से उठाई थी वहीं रख दी और फिर ठोड़ी उठा-उठाकर शीशे में इस तरह देखने लगे मानो सोच रहे हों कि शेव करा डाली जाए या नहीं। मेरी बात से बिना चौंके बोले, "यह ख़याल आपको कैसे हुआ?"

"यों ही मुझे ऐसा लगा।" इस प्रश्न का जवाब और क्या हो सकता था!

"आख़िर लगने की वजह?" इस बार जब उन्होंने सख़्ती से पूछा तो मैंने चौंककर उनकी ओर देखा। आँखें मुझ पर टिकी थीं। उनकी आँखों के डोरों

में एक ऐसी अजब क़िस्म की चमक कौंधी कि मेरी नस-नस सिहर उठी। घबराकर मैंने सहायता के लिए इधर-उधर देखा।

"कोई ख़ास वजह तो नहीं।" मुश्किल से हकलाकर मैं बोला।

"आपको मुझमें ऐसी क्या ख़ास बात लगी कि मैं नया हूँ?" इस बार उनकी आँखों का व्यास फैल गया था और आवाज़ में एक ऐसी कड़क थी कि अगर मैंने जवाब नहीं दिया तो वे उछलकर मेरा टेंटुआ पकड़ लेंगे। मैंने चुपचाप किताब उठाई और एक नई ख़ाली हुई कुर्सी पर चला गया। जैसे कुछ हुआ ही न हो, ऐसी तटस्थता से वे बड़े अर्थ-भरे ढंग से मुस्कराते रहे, मानो कह रहे हों, 'हुँह, कैसे-कैसे बेवकूफ़ आ टकराते हैं!'

...हुगली के किनारे दौड़ती सरदार जी की बस से भागती रेलिंग के पार जहाज़ों को देखता हुआ मैं अपने-आप से बोला, 'थे तो ये मेजर तेजपाल ही, लेकिन इन्होंने मुझे पहचाना क्यों नहीं? इस साल में मैं आख़िर कितना बदल गया होऊँगा?' इस प्रश्न के साथ ही मन में ऐसी बेचैनी हुई कि वहीं मैंने उन्हें अपना नाम क्यों नहीं बता दिया? कम-से-कम मुझे अपना चेहरा तो शीशे में देख ही लेना चाहिए। शीशे की खोज में इधर-उधर आँखें घुमाईं, और उतरते समय उस तसवीर—जिसमें गुरु गोविन्द सिंह हाथ पर बाज़ बैठाए थे—के नीचे लगे शीशे में अपनी शक्ल पर निगाह पड़ी तो मैं ठिठक गया। नहीं, बदला तो शायद नहीं हूँ! मैंने बालों पर हाथ फेरा और मुस्काया, फिर अपने पीछे एक और चेहरा देखकर याद आया कि मेरी यह हरकत भी तो मेजर तेजपाल जैसी ही है।

बात मन में कोंचती रही। घर आया तो बीनू देखते ही बोली, "मैं जाने कब से बैठी राह देख रही हूँ। अपना पुलोवर ज़रा पहनकर देख ले। पता चले, कितना घटाना-बढ़ाना है।" बिना मुझे साँस लेने का अवसर दिये उसने झट मेज़ के नीचे रखी प्लास्टिक की डोलची से पुलोवर निकालकर मुझे पहनाना शुरू कर दिया। बोली, "हाथ ऊपर कर..."

हैंड्स-अप किये मैं सोचता खड़ा रहा और बीनू सलाई के साथ ही कभी मेरी पीठ और कभी छाती पर पुलोवर नापते हुए खींच-खींचकर मुग्ध आँखों

से उसकी डिज़ाइन देखती रही। पूछा "बड़ा ख़ुश है। कोई मिल गया था क्या? किस-किससे मिल आया?"

मैंने एकदम उमगकर कहा, "बीनू, आज कॉफ़ी-हाउस में मेजर तेजपाल मिल गए थे।"

"हैं, मेजर तेजपाल?" बीनू अपना पुलोवर भूल गई, "ये तो कहते थे कि वे राँची में हैं?"

"राँची! राँची में क्यों?"

"तुझे नहीं मालूम? अरे, उनका तो दिमाग़ ख़राब हो गया था न!"

"दिमाग़!" मुझे फिर कॉफ़ी-हाउस की बात याद हो आई। ऐसे में भी बीनू से चुहल किये बिना मुझसे नहीं रहा गया, "मिलिटरीवालों का भी दिमाग़ होता है क्या? अच्छा, क्यों...कैसे हो गया?"

बीनू ने मज़ाक़ पर ध्यान न देकर कमरे से बाहर बरामदे में देखते हुए कहा, "लोग कहते हैं भई, हमें तो ठीक-ठीक पता नहीं। मिसेज़ तेजपाल की वजह से ही उनका दिमाग़ बड़ा डिस्टर्ब्ड रहता था।" फिर चौंककर उसने पूछा, "अच्छा, क्या कह रहे थे? ठहरे कहाँ हैं? मैं इनसे कहूँगी, वो हमसे मिलने नहीं आए तो क्या है, हम ही देख आएँ। कैसे हो गए हैं?"

अब मैंने बताया कि उन्होंने तो मुझे पहचाना भी नहीं, लेकिन जब मैंने पूछा कि मिसेज़ तेजपाल ने ऐसा क्या कर डाला था कि उनका दिमाग़ ख़राब हो गया तो बीनू उदास हो गई। घुटने पर बुनाई को रखकर उसे एक जगह दबा-दबाकर कुछ सोचती रही, फिर बड़े बे-मालूम ढंग से गहरी साँस लेकर ज़रा होंठ सिकोड़ती हुई, उपेक्षा से बोली, "अरे, ऐसी ही थीं वो भी।"

"तू तो उनकी भक्त थी पहले, और अब कहती है कि ऐसी ही थीं!" मेरे आगे वह कन्धों से कटे बालों पर गोरा-गोरा गोल चेहरा घूम गया। बीनू के नाराज़ होने की बात मैं भाँप गया। लगा, तभी यह कतरा रही है। मन और भी बेचैन हो उठा।

जैसे मैंने उसकी कोई कमज़ोर नस पकड़ ली हो, कुछ इस तरह तड़पकर वह बोली, "अब मुझे क्या पता था कि भीतर से वो कैसी हैं? कुलटा कहीं की!"

अत्यन्त नये फैशन के ड्राइंगरूम में नायलोन की फालसई साड़ी पहने कर्नल की पत्नी बीनू के मुँह से यह ठेठ निम्न-मध्यवर्गीय शब्द सुनकर मुझसे मुस्कराए बिना नहीं रहा गया।

बैरे ने पूछा, "साहब, चाय नहीं लगेगा?"

उसे टाला, "हाँ, यहीं ले आओ।" फिर बीनू से बोला, "तुम भी जब कोर्ट-मार्शल करती हो तो सीधी गोली ही मारती हो। बीच का कोई रास्ता ही नहीं छोड़तीं? हमें तो उनमें कुछ कुलटापन दीखा नहीं।"

बीनू नाराज़ हो गई। ऊन के गोले के चारों ओर सलाई समेत पुलोवर लपेटकर थैले में ठूसती बोली, "तुझे क्यों दीखता? तुझसे घुल-घुलकर बातें जो करती थी, हुगली पर जाकर।"

"तुम औरतें बस, एक जैसी ही होती हो।" मैंने अंग्रेज़ी में कहा। महिलाएँ शब्द कठिन हो जाता और औरतें बाज़ारू। "तुम्हारी राय क्या ठीक है?"

"अच्छा, नहीं ठीक है, बस।" उसने सिर झटककर गाल फुला लिये।

यह बीनू की पुरानी आदत है। विरोध की कोई भी बात सुनकर इसी तरह कहकर सिर मोड़कर बैठ जाती है, कोने में देखती रहती है, देखती रहती है। तभी अचानक उसे कोई ऐसी बात याद आ जाती है कि उसे कहने के लिए झटककर घूम पड़ती है। उसे ध्यान ही नहीं रहता कि वह अभी-अभी ग़ुस्सा थी। मैं प्रतीक्षा कर रहा था कि अभी घूमकर वह फिर मेजर तेजपाल की बात पूछेगी, यह बात अभी पूरी कहाँ हुई। तभी बरामदे में घंटी बजी—घनन्-घनन्!

और मुझे सहसा ऐसा लगा, जैसे अभी गोमेज़ के दरवाज़ा खोलते ही मिसेज तेजपाल खिलखिलाती हुई, अपने बाल झटकतीं इस तरह झपटती चली आएँगी, जैसे उन्हें किसी ने धकेल दिया हो! वहीं से कहती आएँगी : 'आज तो मज़ा आ गया मिसेज़ धीर!' और फिर सारा फ़्लैट एक अजब चहचहाहट से भर उठेगा। वे झूम-झूमकर आज मिलनेवाले दिलफेंकों की हरकतें बयान करेंगी।

लेकिन वह नीचे के फ़्लैट का बैरा था। "मेम साब को कर्नल सा'ब नीचू में बुलाता है। बोला है, छोटा सा'ब होगा तो उसकू बी लाएगा। सब लोग नीचू है।"

आज नीचे बिलियड्र्स का प्रोग्राम था और रणधीर वहीं था।

मैंने बीनू से मना कर दिया, "आज बहुत थक गया हूँ, सफ़र की थकान है। तू जा।"

असल में मेरा दिमाग़ बुरी तरह बौखला उठा था। मुझे रह-रहकर मिसेज़ तेजपाल की याद आ रही थी। सचमुच, उन्हें मैं कैसे यों एकदम भूल गया? मैं चुपचाप चाय पीता रहा। पता नहीं, क्या कहकर बीनू नीचे चली गई थी। विश्वास नहीं होता कि मैं कहीं एक साल बाहर रहा हूँ। आज भी मिसेज़ तेजपाल का चेहरा उभर-उभरकर सामने आ रहा है। उनके नाम के साथ ही मुझे याद आता है—लाल नम्दे के चौकोर टुकड़े पर बना 'गोलियों का फूल' और कलाई में चमड़े का फीता लपेटे अपनी कमर से ऊँची अलसेशियन कुतिया के पीछे कमान बनी खिंचती-सी भागती जाती मिसेज़ तेजपाल की गुनगुनाती मूर्ति...वह रह-रहकर अपने बालों को पीछे झटकना...बीनू की बात मानने को भी मन नहीं करता और दिल के भीतर यह भी मैं जानता हूँ कि कहीं उसकी बात में वज़न है...मुझे लगा, जैसे वही फ़्लैट है, वही लोग हैं और वही दिन हैं...इस कमबख़्त बीनू ने यह फ़्लैट भी तो उसी तरह का लिया है, सब कुछ उसी तरह सजा रखा है।

यों तो सारे ब्लॉकों के फ़्लैटों की डिज़ाइनें एक जैसी हैं लेकिन पहली बार जब मैं मेजर तेजपाल के फ़्लैट में गया था तो कितना फ़र्क़ लगा था कि दीवारें, बरामदा, कमरे, एक डिज़ाइन के होकर भी, सब कुछ वे ही नहीं हैं जो नीचेवाले हमारे फ़्लैट के हैं।

...उनके यहाँ हमारा खाना था।

हमने घंटी बजाई। मैं, बीनू और रणधीर—तीनों सीढ़ियों पर खड़े थे। इन्तज़ार था कि दरवाज़े के धुँधले बूँदोंवाले काँच के पीछे छाया दिखाई

दे और किवाड़ खुले। कोई नहीं आया। बैरा व्यस्त होगा। वैसे भी यहाँ का यह क़ायदा है। नीचे दूर से देख लेने पर भी दो-तीन बार घंटी बजानी पड़ सकती है, क्योंकि किवाड़ बैरा ही खोलता है। दूसरी घंटी बजाई तो बैरे ने झपटते हुए किवाड़ खोले। मैं नवीं बार नेम-प्लेट को पढ़ रहा था। पूछा, "हैं?"

"हाँ, सा'ब!" रणधीर के लिए उसने एड़ियाँ ठोंककर सैल्यूट झाड़ा और अदब से एक ओर हट गया। हम लोग बरामदे में आ गए। ड्राइंगरूम में घुसते हुए जिस चीज़ पर मेरी निगाह सबसे पहले पड़ी थी, वह थी दो दरवाज़ों के बीच की जगह में ऊपर लगा हुआ फूल। दोनों दरवाज़ों के ठीक ऊपर बारहसिंघों के दो बड़े सिर लगे थे। बीच के फूल को देखते ही जैसे बिजली का धक्का लगा और मन एक अजीब दहशत से भर उठा। फिर भी मैं उसे कुछ क्षण देखता रहा। छह इंच से लेकर आधे इंच लम्बी, बन्दूक़ों और पिस्तौलों की गोलियों को नम्दे के सुर्ख़ टुकड़े पर जमाकर यह डिज़ाइन बनाई गई थी। पीले-पीले पीतल के शरीर और सिलेटी जस्ते की चोंचें। गोलियों पर पॉलिश भी होती होगी, तभी तो चमक रही थीं...गोलियों का फूल...एकदम कौंधा, कहीं कोई इनमें पलीता न लगा दे...अँधेरे में आतिशबाज़ी के अनार की तरह यह फूल मेरे सामने फूटता हुआ नाचने लगा...फ्लावर ऑफ़ बुलैट्स...!

मेजर तेजपाल लपककर कमरे से बाहर निकल आए थे। वही लहीम-शहीम शरीर और कुछ-कुछ सफ़ेदी लिये जहाँगीरी क़लमें, टेलीफ़ोन के चोंगे जैसी मूँछें। खिलकर बोले, "हल्लो, मैं सोच ही रहा था कि बैरे को भेजूँ। रुद्रा नहीं आया अभी?"

"हमें देर तो नहीं हुई?" बीनू ने घड़ी देखी। यों हम लोग ठीक टाइम देखकर ही चले थे।

"नहीं, नहीं।" फिर बरामदे में पड़ी बेंत की कुर्सियों की ओर इशारा करके कहा, "यहाँ बैठेंगे या भीतर...अच्छा, चलिए, भीतर ही बैठें..."

बीनू ने भीतर झाँकते हुए कहा, "जहाँ चाहे, मिसेज़ तेजपाल किधर गईं?"

"जी, वो किचिन में हैं, अभी आती हैं।" पर्दा एक ओर हटाकर वे खड़े हो गए। मैंने ध्यान दिया, दोनों हथेलियों को मिलाकर हाथ जकड़े खड़े रहना उनकी आदत थी, मानो ठंड लग रही हो, या हथेलियों के बीच में दबाकर कुछ तोड़ रहे हों। मुझे ऐसा लगा, जैसे यह आदत मैंने किसी और की भी देखी है। दिमाग़ टटोलता रहा, लेकिन वहाँ तो 'गोलियों का फूल' घूम रहा था।

भीतर क़दम रखते ही किसी चीज़ से मेरा पाँव टकराया। देखा तो चिहुँककर सकपका उठा। घड़े के बराबर के आकार का शेर का सिर मुँह फाड़े, आँखें चमकाता रखा था, और उसकी गहरी कत्थई धारियोंवाली सुनहरी खाल गलीचे पर बिछी थी, मानो हाथ-पाँव फैलाए लेटी हो! उसके चारों ओर लाल गलीचे पर चाकलेटी सोफा-सेट रखा था। कोने में मेज़ पर निकिल के चमचमाते फोल्डिंग-फ्रेम में एक ओर कैडेट तेजपाल और दूसरी ओर डिग्री हाथ में लेकर गाउन ओढ़े मिसेज़ तेजपाल की फ़ोटो थी। तेजपाल की मूँछें ऐसी तनी थीं, जैसे किसी ने नाक के नीचे सीधी पेंसिल रख दी हो! रेडियोग्राम हल्के-हल्के कोई साज़ बजा रहा था।

ड्रॉइंग-रूम में बैठे-बैठे बेचैनी हो रही थी। यहाँ कुछ ऐसा तनाव था कि इच्छा होती थी, उठकर बाहर बरामदे में जाकर खुली साँस लूँ लेकिन वहाँ वह 'गोलियों का फूल' था, जिसे देखने की व्यग्रता भी होती थी और देखकर डर भी लगता था। मेजर तेजपाल ने एक टाँग सीधी तानकर मानो बड़े परिश्रम से, सख़्त फ़ौजी पतलून की जेब से सिगरेट-केस निकाला और हमें बारी-बारी से ऑफ़र करते हुए शिष्टतापूर्वक बीनू से कहा, "विद् योर परमीशन![1]"

"जी हाँ, जी हाँ!" बीनू बोली। कन्धे और कुहनी पर साड़ी का पल्ला लेती वह उठ खड़ी हुई, "मैं अभी आ रही हूँ। ज़रा मिसेज़ तेजपाल की मदद करूँ।"

---

1. आपकी आज्ञा से।

"नहीं जी, बैठिए। काम तो ख़त्म हो गया सब।" तेजपाल बोले। उनके हाथों और अँगुलियों पर मोटे-मोटे बाल थे। कलाई में बँधी, चौड़े काले-काले डायलवाली घड़ी रह-रहकर रोशनी में झिलमिला उठती थी। अंकों की जगह उसमें सुनहरी लम्बी-लम्बी बूँदें रखी थीं और लाल रंग की साँप की जीभ जैसी सेंटर सेकेंड चारों ओर घूम रही थी। उसे देखकर भी ज़रा झटका-सा लगा, जैसे कोई परिचित चीज़ याद आ गई हो!

लेकिन बीनू चली गई। रह-रहकर मन में सवाल उठता रहा, नीचे से हम जो गाने निरन्तर सुनते रहते हैं, वे क्या सचमुच इसी फ़्लैट में रहनेवाला कोई गाता है? कौन गा सकता है ऐसे में...यह शेर, यह गोलियों का फूल...

"कैसा लग रहा है कलकत्ता आपको?" तेजपाल ने एक ओर होंठ सिकोड़े और धुएँ की धारी छोड़ी। मैंने देखा, उनका चेहरा सचमुच ऐसा है जिसे 'रौबीला चेहरा' कहते हैं।

"ठीक ही है जी। मुझे तो यहाँ अभी कोई ऐसा ख़ास काम है नहीं। रिपोर्ट बनानी होती हैं, सो यहाँ बैठकर टाइप कर लो या वहाँ।"

"और शायरी?" इस बार तेजपाल मुस्कराए।

"वह भी कभी-कभी चल जाती है। फ़ुरसत की चीज़ है वह तो।" मैं उनके पूछने के ढंग पर मन-ही-मन हँसा, मानो पूछ रहे हों, वह जो कभी-कभी तुम्हारे सिर में दर्द हो जाता है, उसका क्या हाल है?

"अरे हाँ, मेजर तेजपाल, क्या हो गया था दोपहर को? बड़ा शोर था!" रणधीर ने सहसा पूछा।

"ओः...वह । कुछ नहीं यार..." इस बार उनकी आँखें चमक उठीं। वे सीधे बैठ गए। घुटनों पर कुहनियाँ रखकर बोले, "हमारे यहाँ फ़र्श-वर्श पोंछने के लिए जो नौकरानी आती है न, उन मेम-साहिबा का इश्क़ हो गया हमारे खानसामे से। साला अपने हिस्से का सारा खाना उसे खिला देता था। उनमें कुछ है, यह मार्क तो मैं बहुत दिनों से कर रहा था। वह साहब उसके जाने से पहले किसी-न-किसी बहाने आगे निकल जाते और सड़क पर बाहर उसकी राह देखा

करते। आते हुए मैंने एकाध बार देखा, लेकिन गाड़ी खड़ी करके रुकना ठीक नहीं समझा। बरामदे के सामने कोनेवाला जो कमरा है न, बाई द वे, मैंने आते हुए जो सिर उठाया तो देखा, आप उसे 'किस' कर रहे हैं..."

"तो क्या हो गया?" मैंने ज़रा दिलचस्पी से पूछा, "इन लोगों की ज़िन्दगी में भी तो कहीं रोमांस होना चाहिए न!" तभी दिल में जैसे कुछ खटक गया और ज़बान रुक गई। अभी-अभी जबकि मैं कुछ 'भयानक' और 'रहस्यमय' देख आया हूँ तो किस तरह ये परिहास की बातें कर पा रहा हूँ।

"अरे राजेन साहब, आप समझते नहीं हैं। फील्ड पर तो हम ख़ुद इस तरह की छूट देते हैं, लेकिन यह तो फील्ड नहीं है। और फिर..." अफ़सोस से तेजपाल बोले, "दिस चैप...यह खानसामा मेरे पास बड़ा पुराना है। बड़े-बड़े राजा-महाराजाओं के यहाँ नौकरी करके इसका बाप हमारे फादर के पास आया, और वहाँ कुछ ऐसा ज़म गया कि कहीं आने-जाने का उसने नाम ही नहीं लिया। मुझे जब कमीशन मिला तो फ़ादर ने इसे मेरे साथ कर दिया। घर का आदमी था, इसलिए मेरी ज़रूरत समझता था। दस-बारह साल से मेरे यहाँ है यह...आख़िर कुछ तो लिहाज़ करना चाहिए इसे..."

रणधीर कुछ बोलने को था कि मैं बीच में ही बोल उठा, "मेजर साहब, उसकी भी तो अपनी ज़रूरतें हैं, दिल है, जवानी है।"

"नो! मैं ये सब बरदाश्त नहीं कर सकता।" सिर झटककर तेजपाल झिड़कने के ढंग पर बोले, "उसे ज़रूरत हो तो मुझसे आकर कहे। मैं कराता हूँ शादी। ये सारी बदतमीज़ी मेरे यहाँ नहीं चलेगी। वह तो मैंने उसे कान पकड़कर ही निकाल दिया; आई सेड, गेट्टआउट![1] वर्ना मैं तो उसे शूट कर देता...यह रोमांस करने की जगह नहीं, रहने की है।" फिर एकदम आवाज़ नीची करके मुस्कराए, "देख लीजिए, कल-परसों आकर माफ़ी-वाफ़ी माँगेगा और फिर काम करने लगेगा। जाएगा कहाँ साला!"

---

1. मैंने कहा—बाहर निकल जाओ।

"अरे यार, कभी-कभी तो इन बेचारों की ज़िन्दगी में भी कोई रस आ जाने दिया करो।" रणधीर टालता-सा बोला।

"तुम भी औरतों जैसी बातें करते हो धीर! ये भी कहती थीं कि 'क्या बुरा किया? मान लो वह इसी से शादी कर ले?' आई सेड, शटअप![1] तुम समझते नहीं हो दोस्त, इन सस्ती पिक्चरों ने इनके दिमाग़ ख़राब कर दिये हैं।"

"ओः, तभी आज मिसेज़ तेजपाल किचिन में हैं।" रणधीर ने रेडियोग्राम पर खड़ी ऐश-ट्रे में सिगरेट ठूसकर कहा।

"नहीं जी, अभी आई।" भीतर से आवाज़ आई—वही कुहकता-सा स्वर। तभी मुझे याद आ गया, घड़ी के अंकों की सूरत उस बाहरवाले फूल से मिलती है। लेकिन सेकेंड की सूई इस तरह घूमती लगती थी, जैसे कोई एक-एक गोली के मुँह से जलती मशाल छुआता चला जा रहा हो!

भीतर बीनू के बोलने का स्वर आ रहा था। कुहकता स्वर और गोलियों का फूल...मैंने मन-ही-मन दुहराया। वे लोग शायद मेज़ पर नौकर की मदद से प्लेटें लगा रही थीं।

"हाँ, मैं क्या कहती थी?" सीधे आकर उन्होंने तेजपाल की ओर देखते हुए अपनी झुँझलाहट को मुस्कराहट में छिपाकर कहा। फिर रणधीर से बोलीं, "मेजर धीर, इनकी बात सच मत मानिए। ख़ुद ही तो निकाल दिया। मान लो, वह उससे शादी ही कर ले?"

एक क्षण को लगा, तेजपाल सकपका उठे। शायद इस तरह उनके आ पूछने की उन्हें आशा नहीं थी। सँभलकर बोले, "तो हमसे कहे!"

मुँह बिगाड़कर अँगुलियाँ नचाती-सी वे बोलीं, "हमसे कहे! जी, वह आपसे कहे कि मुझे शादी करनी है?।"

"अच्छा, मारो गोली।" यह बात तेजपाल ने जिस ढंग से कही, उससे लगा कि अगर हम न होते तो वे दहाड़कर कहते, 'चुप हो जाओ।'

1. मैंने कहा—चुप रहो।

बात एकदम समाप्त हो गई। मुझे देखकर शिष्टता से हाथ जोड़कर वे बोलीं, "मैंने देर कर दी, माफ़ कीजिए।"

उनके आने पर हम लोग उठ खड़े हुए थे, "हमारी वजह से आपको बड़ी तकलीफ़..."

"खाना तो शायद हम लोग भी खाते ही हैं।" वे हँसकर बोलीं, और एक ओर अपने कटे बाल झटककर भरपूर मुझे देखती रहीं। वे निगाहें जैसे मुझसे सही नहीं जा रही थीं। मन बेचैन था और समझ में नहीं आ रहा था कि क्या करूँ। उनकी बात पर हम सब खिलखिलाकर हँस पड़े।

"बैठिए न।" मिसेज़ तेजपाल बोलीं, "अभी कैप्टेन रुद्रा को आ लेने दें।"

"बड़ी देर कर दी, यह हमेशा देर से पहुँचता है, आई सेड, फ़ौज में भी जब तुम ऐसे हो तो टाइम की क़ीमत कहाँ सीखोगे!"

हम लोग बैठ गए। मैंने देखा, मिसेज़ तेजपाल के चेहरे पर एक अजीब तरह की चमक है। इस चमक का सम्बन्ध मैं हमेशा अभिनेत्रियों से जोड़ता रहा हूँ, क्योंकि बहुत अधिक मेक-अप करने से उनकी खाल अस्वाभाविक रूप से चमकने लगाती है। मुझे यह चमक कभी अच्छी नहीं लगी। लगता है, जैसे खाल के ऊपर प्लास्टिक का पारदर्शी खोल चढ़ा दिया हो। वे शायद चौके से आई थीं, और वहाँ गर्मी थी। फिर भी बाल-वाल जिस सफ़ाई से बने थे और होंठों पर जैसी सावधानी से लिपिस्टिक का स्पर्श दिया गया था, उससे लगता नहीं था कि वे चौके से आ रही हैं। वे आसमानी सलवार और कुर्ते में थीं। पैरों में सफ़ेद कामदार हल्की जूतियाँ, और गले में सफ़ेद मलमल का दूधिया दुपट्टा।

तेजपाल ने मिसेज़ की ओर देखकर कहा, "तब तक एक रबर हो जाए?"

"नहीं।" वे सख़्ती से बोलीं, "वक़्त हो, न हो, आपको अपनी ब्रिज की धुन। मेज़ पर खाना लगा है और ब्रिज लेकर बैठेंगे..."

ऐसे रौबीले आदमी का विरोध कर सकना भी सचमुच एक साहस का काम है। उनकी फुफकारती-सी निगाहों और फुंकारती-सी साँसों से मुझे हमेशा

ऐसा लगता था, जैसे अभी वे उठकर किसी को गोली मार देंगे। मैं सोच ही रहा था कि फिर घंटी बजी, और बग़ल के कमरे से नौकर पीछे, दूसरी ओर का चक्कर लगाता हुआ दौड़ा। इस बार कैप्टेन रुद्रा और मिसेज़ रुद्रा थे। हम लोग फिर उठ खड़े हुए। देर से आने पर क्षमा का आदान-प्रदान हुआ।

"गुड्डी को नहीं लाईं आप?" ललककर मिसेज़ तेजपाल ने पूछा।

"वो सो गई थी जी।" मिसेज़ रुद्रा बोलीं। दो चोटियाँ और बंगलौरी सिल्क की धूप-छाहीं साड़ी। शरीर भरा था और दो ठोड़ियाँ बनती थीं। चेहरे पर उदारतापूर्वक पाउडर लगाया गया था। तीनों महिलाएँ सोफे पर बैठ गईं।

"अरे, बड़ी जल्दी सुला दिया आपने!" मिसेज़ तेजपाल एकदम सुस्त पड़ गईं, "मुझे तो ऐसा लगा जैसे वह अभी-अभी नीचे रो रही हो..."

डिनर-सूट में कपड़ों के प्रति अत्यधिक सजग (कांशस) कैप्टेन रुद्रा पतलून की क्रीज़ घुटनों से उठाकर सोफे के सिरे पर बैठ गए थे। टाई की गाँठ को गर्दन हिलाकर ठीक करते हुए बोले, "नहीं जी, सोई-वोई नहीं है। नीचे तक तो आई थी। शाम से ही ज़िद कर रही थी, हम आंटी के यहाँ चलेंगे, हम आंटी के यहाँ चलेंगे गाना सुनेंगे, डांस सीखेंगे।"

"तब फिर क्यों छोड़ आए?" भोलेपन से मुँह खुला रखकर वे बोलीं।

"हम तो लाए थे जी। साथ रूमाल में बाँधकर वह ख़ुद अपने घुँघरू लाई थी। फिर नीचे पहली सीढ़ी पर ही रोने लगी।" मिसेज़ रुद्रा ने कहा, "हम नहीं जाएँगे...बहुत मचल गई तो फिर लौट के जाना पड़ा। इसलिए ज़रा देर हो गई। बच्चों की ज़िद का कोई टाइम थोड़े ही होता है।"

"लौटकर क्यों जाना पड़ा? मैं ही छोड़कर आया। ये तो बोलीं, ज़्यादा चढ़ने-उतरने से हमारी साड़ी में सलवटें पड़ जाती हैं। मैं इन्हें समझाता हूँ कि इन बंगालिनों से सीखो न, सपाट-सीधी सड़क पर चलते वक़्त भी साड़ी की पटली पकड़कर उठाए रहती हैं।" और वे झेंपती मिसेज़ को चिढ़ाने से ख़ुद ही हँसने लगे। मैंने देखा, उनकी छोटी-छोटी घनी भौंहें बटरफ़्लाई मूँछों के ऊपर इस तरह थिरकती थीं, जैसे वे अभी-अभी कोई गहरा मज़ाक़ करनेवाले हों!

उनकी चिकनी कनपटी की हड्डी इस तरह खाल के भीतर चलती थी जैसे वहाँ लहरें उठ रही हों! वे मुस्कराकर बोले, "हमारी इनके साथ शादी थोड़े ही हुई है! हमें तो इनके फादर ने इनका नौकर बनाकर भेजा है कि बेटे, कमाओ और मालकिन की सेवा करो!"

वातावरण कुछ हल्का हुआ। सब लोग मिसेज़ रुद्रा की ओर देखकर हँस पड़े। वे लाल पड़ गई थीं। लगता था, जैसे अपने पति के हँसमुख स्वभाव और उनके प्रभाव पर उन्हें गर्व ज़रूर था लेकिन शिकायत भी थी कि वे अक्सर बहुत हल्के और बेलगाम हो जाते हैं। शायद मेजर तेजपाल की उपस्थिति में यह हल्कापन उन्हें पसन्द नहीं आ रहा था। उनकी भौंहें खिंच गईं। "करते होंगे सेवा...अपनी बेटी की करते होंगे, हमारा क्या है? हम नहीं रखते उसे दिन-भर? और वह तो सच्ची, ऐसी शैतान है कि सारे दिन...एक तो जब देखो तब आंटी की धुन..."

"देखिए जी।" रुद्रा ने मिसेज़ तेजपाल की ओर देखकर कहा, "यह बात निहायत ग़लत है। आपने हमारी लड़की को बहका लिया है। एक वह मेजर धीर का लड़का है, आते ही साहब बहादुर उसके गले में बाँह डालकर इधर-से-उधर घुमाते फिरेंगे। दुनिया-भर का रौब छाँटेंगे। अभी से बाप के क़दमों पर चल रहा है।" और वे मुड़कर बीनू से पूछने लगे कि किशोर अगली बार कब आ रहा है, छुट्टियों में।

तरस खाकर ललकते-से स्वर में मिसेज़ तेजपाल ने कहा, "हाय, ले आतीं न! नीचे से ले गईं, आप भी मिसेज़ रुद्रा, ग़ज़ब करती हैं। मैं उसे बहलाकर ज़रा देर में चुप करा लेती।"

"आपके पास तो वह आ ही रही थी जी।" मिसेज़ रुद्रा ने अपनी पुत्री के प्रति उनके स्नेह से गद्गद होकर कहा, "पर यहाँ आते डरती है जी।" उन्होंने एक बार मेजर तेजपाल को देखा। फिर कुछ डरते-डरते बोलीं, "कहती थी, ऊपर छेल होगा।"

"छेल क्या?" मैंने पूछा।

"शेर भाई।" बीनू ने समझाया, "लेकिन किटी से बिलकुल नहीं डरती। उसके तो गले से लिपट जाती है।" किटी तेजपाल की अलसेशियन कुतिया थी।

"ओह!" और फिर सब लोग ड्राइंग-रूम में हाथ-पाँव फैलाकर लेटे शेर को देखकर हँस पड़े। मैंने देखा, मिसेज़ तेजपाल की सहमी-सहमी-सी निगाहें मेजर तेजपाल पर जा पड़ीं, जैसे प्रतिक्रिया भाँप रही हों। धीरे-से बोलीं, "अच्छा, मैं ही जाऊँगी कल उसे मनाने।"

"उफ़, बड़ा ख़ूँख़ार जानवर था यह भी।" मेजर तेजपाल ने गहरी साँस लेकर कहा। जाने क्यों उन्हें ऐसा लगा, जैसे अनजाने ही सारा मज़ाक़ उन पर आकर टिक गया है। एक बार तो वे हतप्रभ हो उठे। फिर बोले, "बड़ा तूफ़ान मचा रखा था कमबख़्त ने। आज इसकी भैंस को मार गया, कल उसकी गाय का पता नहीं है। फिर दिन-दहाड़े एक आदमी को उठा ले गया। मैं फर्लो पर था। हाँका किया गया...साले ने सात दिन परेशान किया। आई सेड, कुछ हो जाए, इसे तो मारना ही है..." उन्होंने बात सँभाल ली थी।

मैंने देखा कि बात करते समय मेजर तेजपाल का शरीर ऐसा रहता था, जैसे हर जोड़ के पेंच ढीले हो गए हों—यों फ़ौजी स्वभाव के अनुसार रीढ़ की हड्डी तो तनी ही रहती थी, लेकिन इस बार उनमें जान आ गाई। वे हाँके का सविस्तार वर्णन करते रहे। कैसी चालाकी से शेर बकरी को उठा ले गया था। मचान पर जब दाव नहीं लग पाया तो मेजर तेजपाल नीचे उतर आए थे...मना करने पर भी घिसटने के निशानों का पीछा करते चले गए, फिर कैसे अचानक शेर ने नाले से उछलकर उन पर हमला किया। वे भी तैयार थे। दो-तीन गज़ के फासले से ही गोली चलाई—एक के बाद एक, तीन गोलियाँ। एक हाँकेवाले को एक ही पंजे में ख़त्म करता हुआ शेर भागा। उन्होंने फिर दो गोलियाँ चलाईं। इसके बाद तेजपाल ने उठकर अपने मगर की खाल के जूते की टो से वे जगहें दिखाईं जहाँ गोलियाँ लगी थीं। वे भीतर डाइनिंग-रूम से एक फ़ोटो उतार लाए, जिसमें सामने शेर लेटा था और कैप्टन तेजपाल उस पर राइफल टिकाए निहायत निश्चिन्त शान से एक पाँव रखे खड़े थे। क़िस्सा

ठीक वैसा ही था जैसा पहली बार ऐसी अघटनीय घटना का आँखों-देखा हाल सुन रहे हों! महिलाओं के चेहरे पर एक ऐसी तन्मयता और आतंक थे मानो उनके सामने अभी-अभी शेर का शिकार हो रहा है! बीनू की तो आँखें निकली आ रही थीं और मिसेज़ रुद्रा के माथे पर भाप-सी जम गई थी। बस, मिसेज़ तेजपाल तटस्थ भाव से अपनी कलाई की घड़ी की चाबी को व्यर्थ घुमाती रहीं। इसके बाद सब लोग उस शेर का सिर इस ख़ूबी और सफ़ाई से तैयार करनेवाले की तारीफ़ें करते रहे। आँखें, दाँत, मूँछें—सभी कुछ असली शेर जैसा था। तेजपाल ने बताया कि कभी-कभी उसे देखकर किटी कितनी ज़ोर से भूँकने लगती है। अपने एक मित्र के शिकार का क़िस्सा मुझे भी याद आ रहा था और इच्छा हो रही थी कि सुना दूँ। फिर सभी के चेहरों से ऐसा लगा जैसे हरेक के पास ऐसा ही एक-एक क़िस्सा कुलबुला रहा है...मुझे रह-रहकर लगता जैसे हर बेकार की बात के प्रति आवश्यकता से अधिक दिलचस्पी दिखाकर वे लोग अपना समय काट रहे हैं। ज़रा-ज़रा सी बातों को ये लोग कितनी देर तक करते रह सकते हैं!

तभी बैरे ने खाना तैयार होने की सूचना दी। बात बीच में ही छूट गई।

"देखिए, खाना अच्छा न बना हो तो शिकायत न कीजिए।" मिसेज़ तेजपाल ने सजी हुई मेज़ के एक ओर खड़े होकर आतिथेय की औपचारिकता के साथ कहा, "आज तो उलटा-सीधा बना लिया है। फिर किसी दिन बाक़ायदा आपको खिलाया जाएगा।" उन्होंने तेजपाल की ओर बिना देखे कहा।

कुर्सियाँ खिसकीं, साड़ियाँ सरसराईं, कलफ़ लगे, तह किये हुए नैपकिन फड़के और चम्मच, काँटे-छुरी बज उठे। 'आपको यह अच्छा नहीं लगा', 'यह थोड़ा और लीजिए।' के विराम, अर्ध-विरामों के साथ-साथ महिलाओं ने अपने पास-पड़ोस और खाना बनाने के बारे में बातें करना शुरू कर दिया और पुरुष लोग अपनी डिवीज़न का कोई क़िस्सा ले बैठे। किसी जे.सी.ओ. की बद्तमीज़ियों का वर्णन करते हुए मेजर तेजपाल का स्वर कुछ ऊँचा उठ गया और नथुने फूल उठे। इसी ग़ुस्से में एक बोटी को उन्होंने इतनी ज़ोर से

चबा डाला कि उसकी हड्डियाँ कड़कड़ा उठीं। मिसेज़ तेजपाल रोशनदान की ओर देखने लगीं। हम सभी का ध्यान इस ओर जाए बिना नहीं रहा। अभी-अभी मिसेज़ तेजपाल ने जब कोई चीज़ काटी थी तो छुरी प्लेट से लगकर खट् से बज उठी थी। उस समय उनकी अँगुलियों को तेजपाल ने जिन आँखों से घूरा था, वे अब भी मुझे याद थीं।

मैंने इधर-उधर सिर घुमाकर देखा, दीवारें पीली पुती थीं और चमड़े के खोल और पेटियों में बन्दूक़-पिस्तौलें टँगी थीं। जब-जब मेरी निगाह उधर गई, मुझे गोलियों के फूल का ध्यान हो आया। बैरा जल्दी-जल्दी रोटियाँ ला रहा था, लेकिन अकेला होने की वजह से पहले ख़ुद ही सेंकता और फिर ख़ुद ही लाता। सब्ज़ियों के डोंगे लगातार इधर से उधर घूम रहे थे। कभी-कभी मिसेज़ तेजपाल का प्लेट पर झुका मोती जैसे दाँतों से रोटी कुतरता चेहरा मुझसे आँखें मिलते ही इस तरह मुस्करा उठता, जैसे मुझे सान्त्वना दे रहा हो! वे रह-रहकर बाल झटकने के बहाने मुझे देखतीं। उनके कान में जड़ा आसमानी शेड का नग बड़ा ख़ूबसूरत लगता था। वे महसूस कर रही थीं कि मैं अकेला पड़ गया हूँ। और जैसे इसी बेचैन अनुभूति से वे रह-रहकर मुझसे कुछ-न-कुछ लेने का आग्रह करतीं। उनकी इस मन:स्थिति को मैं समझता था और उनके देखते ही मुस्करा उठता, जैसे कहता, 'चलाइए, चलाइए, मैं ठीक हूँ।' लेकिन जब-जब ऐसा हुआ, मेरी निगाहें हर बार तेजपाल की ओर उठ गईं।

यों ऊपर से देखने में कहीं कुछ नहीं था और सब बड़ी स्वाभाविकता से चल रहा था। खाने की बड़ी तारीफ़ें हुईं, किसी ने किसी डिश की तारीफ़ की, किसी ने किसी की। एक दूसरे को निमंत्रण दिये गए। और फिर बाहर ड्राइंग-रूम में बैठकर अंग्रेज़ी-अमेरिकन पत्रिकाओं के घिसे-पिटे मज़ाक़ दुहराए गए। सुनानेवाले के सम्मान की ख़ातिर शेष लोगों को हँसना पड़ता था। बैरा कॉफ़ी ले आया, तो एक ही मेज़ पर सारे प्याले तैयार करके मिसेज़ तेजपाल ने सबको एक-एक कप दिया। सिगरेटों और कॉफ़ी के बीच मैं बैठा एक अलबम के पन्ने पलटता रहा। मुझे हर क्षण आशंका होती कि अभी किसी ओर से ब्रिज

का प्रस्ताव उठेगा और मेरी रिपोर्ट कल भी तैयार नहीं हो पाएगी। हुआ भी यही। मैं उठ खड़ा हुआ। सबकी गर्दनें मेरी ओर उठ गईं। 'कल रिपोर्ट तैयार करनी है' के आधार पर मैं माफ़ी माँगकर चला आया। रुद्रा ने तो कहा भी, "अमाँ! रिपोर्ट कहीं भागी जाती है। तैयार कर लेना।" बाक़ी लोगों ने केवल खड़े होकर विदा दी। बीनू और मिसेज़ तेजपाल सीढ़ी तक छोड़ने आईं।

"तू तो बहुत बोर हुआ न!" बीनू ने पूछा।

"हाँ सच, आप तो बिलकुल ही अकेले पड़ गए।" क्षमा-याचना के स्वर में मिसेज़ तेजपाल बड़े आत्मीय आग्रह से बोलीं। "फिर किसी दिन आइए न!" उन्होंने इस ढंग से भरपूर मुझे देखकर सिर झटका कि उनके कानों के दोनों आसमानी नग दिल के किसी कुहरिल अँधेरे के पार तारों की तरह टिमटिमाते रह गए। वे दरवाज़े को एक हाथ से पकड़े खड़ी थीं। निगाह उनके सिर के ऊपर से पीछे दीवार पर टँगे बारहसिंघों के सिर और गोलियों के फूल पर चली गई तो जैसे मुँह का स्वाद ख़राब हो गया। मैं कोई बात पूछना चाहता था, वह एकदम इस तरह उड़ गई कि फिर याद ही नहीं आई।

मन-ही-मन मैंने निश्चय कर लिया था कि इस फ़्लैट में नहीं आना है। उनके आग्रह के सामने जैसे यह निश्चय एकदम धुल गया। मैंने आने का आश्वासन दिया। गोलियों के फूल जैसी महत्त्वपूर्ण चीज़ को मैं भूल कैसे गया था। सिर झुकाकर सीढ़ियाँ गिनता नीचे उतर रहा था कि मिसेज़ तेजपाल ने कहा, "हमारे लिए शेर आपने अभी तक नहीं लिखे न। इस बार ज़रूर लिख रखिए।" उनका स्वर सुनकर मुझे फिर याद आया कि मैं दरवाज़े पर कहनेवाला था, "मिसेज़ तेजपाल, आप दिन-भर गाती रहती हैं, लेकिन यहाँ आपने गाना ही नहीं सुनाया।" किसी और ने भी उनसे गाने के लिए नहीं कहा था।

अपने फ़्लैट में आकर मैंने मुक्ति की गहरी साँस ली। जैसे कोई बहुत थकान का काम करके आया होऊँ, जिसने मेरे तन और मन को एक अस्वाभाविक तनाव की स्थिति में रखा हो। ड्राइंग-रूम में सोफे पर लेटे-लेटे पंखे को लगातार

घूरते हुए मैं सुन्न-सा सोचता रहा। यह कमरा भी तो ऊपर के कमरे जैसा ही है, जैसे दो अलग दुनिया हों! ऊपर से कैप्टेन रुद्रा के क़हक़हों की आवाज़ आ रही थी, नीचे मेजर टर्नर के यहाँ पियानो की धुन के साथ-साथ कैप्टेन दिलजीत के फ़्लैट में रेडियो 'तेरी दुनिया में सभी कुछ है मगर प्यार नहीं।' गा रहा था...बाहर पर्दे की फाँक से सड़क की गैस-बत्तियाँ पेड़ों के घूँघट से झाँकती दिखाई दे रही थीं। रह-रहकर के जूँ-जूँ करती कारें और सामान लादे ट्रक घों-घों करते गुज़र जाते थे...मन में किसी ने कहा, 'आज दाना बड़ा सुस्त था।' यह रणधीर की भावनाओं को मैं अपने शब्द दे रहा था। उसका 'दाना' शब्द जैसे ही याद आया तो ख़ुद अपना मुस्कराता चेहरा आँखों में नाच गया...

आज इन बातों को एक साल हो गया। बीनू शायद बिलियर्ड्स का खेल देखने गई थी। मुझे ऐसा आभास था। चाय पीते हुए मुझे याद आया, सचमुच उस फ़्लैट में कुछ अजीब बात ज़रूर थी—वहाँ के रहनेवालों में कुछ विलक्षण निश्चित रूप से था। आज की कही बीनू की बात की पृष्ठभूमि के रूप में देखता हूँ तो लगता है कि मिसेज़ और मेजर तेजपाल के बीच उन दिनों जो कुछ देखा था, वह सिर्फ़ तनाव ही नहीं, बल्कि रस्साकशी जैसी कोई चीज़ थी। बीनू से मैं अक्सर सुना करता था कि मिसेज़ तेजपाल बड़ी मस्त हैं, बड़ी लापरवाह हैं। हमेशा ज़रूरत-ग़ैर ज़रूरत हँसती रहती हैं और दिन-भर गाती रहती हैं। लेकिन मैंने ध्यान दिया कि मेजर तेजपाल की उपस्थिति उन्हें जैसे ढके रही। रणधीर और तेजपाल का रैंक (ओहदा) एक था। मगर रणधीर के बारे में मुझे आज, जब वह कर्नल है, कभी यह भी ख़याल तक नहीं हुआ कि वह क्या है, जबकि इस बात को मैं स्वीकार करता हूँ कि तेजपाल की हर बात बोल-बोलकर कहती थी कि वह मिलिटरी के एक ऊँचे अफ़सर हैं। एक आतंक, एक रौब या एक अदृश्य दबाव था जो सारे वातावरण पर छा जाता था और रणधीर तक से उनका व्यवहार ऐसा लगता था, जैसे किसी ख़ास ऊँचाई से झुककर मिल रहे हैं! मुझे यह ऊँचाई सह्य नहीं थी, इसलिए मैंने कभी उन्हें दिल से पसन्द नहीं किया। यों एक शिष्टाचार तो चलता ही रहा।

मिसेज़ तेजपाल पर भी इस आतंक का जादू है, यह मैंने लक्ष्य किया; लेकिन साथ ही ऐसा भी लगा, जैसे उनकी इच्छा-शक्ति इस जादू के विरुद्ध विद्रोह करती है। उनकी उपस्थिति में वे चाहे जितनी बुझी रहती हों; मगर जब भी तेजपाल कुछ कहते, वे कुछ ऐसी उपेक्षा से देखती रहतीं मानो कोई नितान्त अपरिचित, निहायत ही बेकार बातें कर रहा हो...इस बात की पहली झलक मुझे उसी समय मिली जब मैंने पहली बार उस 'दाने' अर्थात मिसेज़ तेजपाल को देखा था...

हम लोग अभी-अभी सिनेमा देखकर आए थे। हाथ-पाँव फैलाए थके-से बैठे ड्राइंगरूम में इन्तज़ार कर रहे थे कि गोमेज़ जल्दी खाने को बुलाए। सोफे पर पाँव फैलाकर रणधीर अपनी त्रिकुटी को चुटकी में पकड़े आँख बन्द किये पड़ा था। अर्दली नीचे बैठा जल्दी-जल्दी उसके जूतों के फीते खोल रहा था, बीनू कपड़े बदलने गई थी। सहसा घंटी बजी और साथ ही तेजपाल और मिसेज़ तेजपाल धड़धड़ाते भीतर दाख़िल हुए। किवाड़ शायद खुले रह गए थे। तेजपाल सफ़ेद पतलून, खुले कॉलर की कमीज़ और सफ़ेद स्वेड के नागरा पहने थे। उन्होंने बैठते ही अपने आने की सफ़ाई दी, "आज तो चैप, स्कॉश कुछ जमा नहीं। एक तो तुम नहीं थे, दूसरे अइयर ने बड़ा बोर किया। आई सेड, जब लोगों में स्पोर्ट्‌र्समैन स्प्रिट नहीं है तो खेलते ही क्यों हैं? डॉक्टर ने तो बताया नहीं है कि स्कॉश ही खेलो। कौन-सा सिनेमा था?" दोनों रैकेट उन्होंने लापरवाही से फ़र्श पर डाल दिये।

रणधीर पाँव समेटकर सीधा बैठ गया। आज या तो तेजपाल बहुत ख़ुश थे या बहुत झुंझलाए हुए, क्योंकि उसने ही बताया कि इस प्रकार वे कभी नहीं आए, न सँभलने का अवसर दिये बिना। रणधीर ने मेरा परिचय कराया, "आप मेजर तेजपाल। हमारे ठीक ऊपर के फ़्लैट में रहते हैं। और आप रिश्ते में बीनू के भाई अर्थात सालारजंग।"

वे कुर्सी से उठ आए, 'वेरी ग्लैड टु सी यू' का विनिमय हुआ।

मिसेज़ तेजपाल की ओर मेरा ध्यान विशेषरूप से इसलिए आकर्षित हुआ कि उनके बाल बॉव्ड थे और उन्हें वे हर दूसरे मिनट कानों पर हाथ लगाकर इस तरह सँवारती थीं मानो किसी छूटी लट को सँवार रही हों! जब मैंने उन्हें नमस्कार किया तो नज़र भरकर देख लेने की इच्छा को बड़ी मुश्किल से अंकुश लगाकर रोके रखा। हल्के क्रीम कलर की क्रेप की साड़ी, उसी रंग का शर्ट-ब्लाउज़ और कन्धों पर हल्का काम किया हुआ ढीला-ढाला पशमीने का केप और कानों के ऊपर खुँसा हुआ नरगिस का एक छोटा-सा सफ़ेद फूल। नाख़ूनों पर पॉलिश। दोनों हाथ मोटी-मोटी बँटी हुई रेशमी डोरियों के फुँदनों से खेल रहे थे और छोटा-सा पीले चमकदार मखमल का पर्स घुटनों के बीच में पीले सैंडिलों तक लटका था। पहली निगाह में तो ऐसा लगा, जैसे वे उन लोगों में हैं जो मन-ही-मन किसी गीत की धुन गुनगनाते हुए अक्सर अपने-आप में ही व्यस्त रहते हैं।

अपनी तलवार-छाप मूँछों से बीनू की ओर दुष्टता से देखता हुआ रणधीर कह रहा था, "जोरू का भाई है यार, सो सिनेमा वग़ैरा दिखाकर ख़ुश रखना पड़ता है! वर्ना कल ही सुनने को मिले कि हमारे भाई की ख़ातिर ही नहीं की..."

लाइट जलाते-जलाते तेजपाल रुक गए। होंठों में लगी सिगरेट से ही बोले, "जोरू हो या जोरू का भाई, हम लोगों की किस्मत में तो दबना ही बदा है!" और वे सिगरेट अँगुलियों में लेकर खुलकर हँस पड़े।

एक ज़ोर का क़हक़हा लगा। बीनू लाल हो गई। उन दोनों की आँखें मिलीं और एक क्षण को—मुझे आज भी साफ़ दिखाई देता है—मिसेज़ तेजपाल की आँखों में एक अजब बहशियाना (वाइल्ड) चमक भभकी। लगा, जैसे उसे तेजपाल सह नहीं पाए और झट आँखें झुकाकर व्यस्त भाव से सिगरेट जलाने के बाद लाइटर को इस तरह हिलाकर बुझाने लगे जैसे वह दियासलाई हो! मिसेज़ तेजपाल की वह निगाह घूमती हुई मुझ पर आई तो मैं अव्यवस्थित-सा हो उठा। उसी दिन रणधीर ने ऐसी बात कही, जिसकी उस जैसे व्यक्ति से कतई उम्मीद नहीं थी, और यह उसकी ऐतिहासिक बात कहकर याद की गई।

उसे याद करके आज भी हम लोग ख़ूब हँसते हैं। बोला, "और इन लोगों के लिए अगर साकार खुदा कहीं है तो वह इनके भाई के रूप में है।" फिर मेरी ओर देखा, "आप डी. जी. हैं।"

सभी की निगाहें उधर उठ गईं। डी. जी. क्या? रणधीर इत्मीनान से कश खींचकर बोला, "यानी डिप्टी-गॉड। एच. जी. अर्थात हेड गॉड, बड़े गम्भीर हैं वे, कहीं आते-जाते ही नहीं। अपने घर ही जमे रहते हैं।" इसके बाद जो क़हक़हे लगे कि पन्द्रह-बीस मिनट तक रुकने का नाम ही नहीं लिया। रणधीर ने और जोड़ा, "बस, बीनू जी के लिए इन गॉडों का एक-एक वाक्य आयते-हदीस से कम इम्पार्टेंट नहीं है।"

'डी. जी.' कहकर सभी मेरी ओर देखते और हँसी का फव्वारा बेतहाशा छूट पड़ता। उन्मुक्त पहाड़ी झरने की तरह मिसेज़ तेजपाल खिलखिलाए जा रही थीं। अब उनके पेट में शायद दर्द होने लगा था, वे एक हाथ पेट पर रखकर बुरी तरह हाँफ रही थीं। और उस दिन के बाद अक्सर मज़ाक़ में मुझे लोग डी.जी. कहने लगे थे।

लम्बी-लम्बी बरौनियाँ, सुती हुई नुकीली नाक और चाकू से तराशे हुए से पतले-पतले कसे होंठ और उभरे हुए गाल, जिन्होंने उनके चेहरे को ऐसी अभिव्यंजना दे दी थी मानो वे मुस्करा रही हों! माथे पर छोटी-सी बिन्दी और कटे हुए बाल। इस मज़ाक़ से बीनू को लगा कि मैं कहीं बुरा न मान जाऊँ, इसलिए हँसते हुए भी उसने आँखें तरेरकर रणधीर की ओर देखा। हँसी रुक जाने के बाद जैसी एक स्थिर जड़ता आ जाती है, वैसी ही इस समय छा गई। मिसेज़ तेजपाल ने एक पाँव दूसरे घुटने पर रख लिया था। इस पाँव के घुटने पर हाथ के पंजों को आपस में फँसाए, कुहनियों को गोद में रखे वे धीरे-धीरे चप्पल में अँगूठों को उठा-गिरा रही थीं। हाथों को इस तरह रखने में कलाइयाँ सामने आ गई थीं। उन्होंने घड़ी पर जब-जब भी बड़े बे-मालूम तरीक़े से निगाह डाली, मुझसे छिपा नहीं रहा। मैं उनकी पतली-पतली सुन्दर अँगुलियों, रँगे हुए नाख़ूनों और अँगूठी पर निगाह जमाए रहा।

"हमारे डी. जी. साहब कभी शेर कहा करते थे।" रणधीर बोला। फिर मुझसे मुड़कर सहसा पूछा, "हाँ भई, तुम्हारी उस शेर और शायरी का क्या हुआ?"

"कहाँ शेर और शायरी! स्टुडेंट-लाइफ की चीज़ें थीं, सब ख़त्म हो गईं।" मैंने टालने के ढंग से कहा, "अब तो रिपोर्टें टाइप करते हैं कम्पनी की।"

"लो, सुन लो!" रणधीर बीनू को चिढ़ाता-सा बोला, "मैं तो ख़ुद ही कहता था कि उसने लिखना-लिखाना जाने कब का बन्द कर दिया, लेकिन नहीं साहब, दुनिया की कोई ख़सूसियत क्यों हो जो हमारे डी. जी. में न हो। दिन-रात बस यही, यह ग़ज़ल हमारे भाई ने लिखी थी, फ़लाने सिनेमा में है, फ़लाँ ने इसे गाया है।"

इससे पहले कि बीनू मेरे नाराज़ हो जाने के डर से चिनचिनाकर कोई बात कहे, मिसेज़ तेजपाल बड़ी ललककर बोल उठीं, "आपके पास कुछ अच्छे शेर हों तो हमें दीजिए।"

"क्यों, सिनेमा के गीतों का स्टॉक ख़त्म?" तेजपाल ने मुँह खोलकर एक ख़ास अन्दाज़ से धुआँ निकालते हुए कहा। उनकी निगाहें व्यंग्य से हँस रही थीं। कुर्सी के हत्थे पर रखे हाथ में सिगरेट थी और उस पर आँखें टिकाए वे उसे तर्जनी और अँगूठे के बीच में घुमा रहे थे। फिर ख़ुद ही हँसकर बोले, "उफ़, इनके पास सिनेमा के गीतों का बेइन्तिहा ज़खीरा है। कौन-सा वक़्त है जब ये गीत न गाती हों! आई सेड, आई'म सिक ऑफ़ दैम।"[1]

"क्या है मेजर तेजपाल, आप हमेशा बेचारी के गीतों को ही टोकते रहते हैं।" मेरे प्रति बीनू की जो सहानुभूति अप्रकट रह गई थी वह मानो मिसेज़ तेजपाल के लिए उफन पड़ी। "आप ही देखिए, यहाँ की मनहूसी में यही तो एक ले-देकर ऐसी हैं जो सबको ख़ुश रखती हैं, वर्ना यहाँ तो सभी अपने-अपने दरबों में बन्द रहते हैं। पहले ज़रूर ज़रा ऑड (अजीब) लगा था, लेकिन अब तो ऊपर से आवाज़ न सुनाई दे तो बड़ी बेचैनी रहती है।"

तेजपाल जाने क्यों उठ खड़े हुए और एक तसवीर के बिलकुल नीचे खड़े

1. मैं तो गीतों से परेशान हूँ।

होकर उसे देखते हुए बोले, "आप ही तो शायद बता रही थीं कि नीचेवालों ने इनका नाम रेडियोग्राम रख रखा है। ऑटोचेंजर।"

इस बार मिसेज़ तेजपाल पर हँसने का नम्बर था। लेकिन उनका चेहरा सहसा तमतमा आया और भीतर की घुटन जैसे आँसुओं के रूप में उमड़ पड़ने को मचलने लगी। लगा, यह उन लोगों के बीच का काफ़ी नाज़ुक बिन्दु है। वे जल्दी-जल्दी पलक झपकाती हुईं, निचले होंठ को दाँतों से दबाए एरियल के जालीदार फीते को देखती रहीं।

"अच्छा, डार्लिंग, इन्हें कोई एक अच्छी सी चीज़ सुना दो तो चलें।" जैसे इस सारी बात को मज़ाक़ में लेते, परिस्थिति सँभालते हुए तेजपाल ने एड़ी पर घूमकर प्यार से कहा।

हम सबने साग्रह कहा, "हाँ, मिसेज़ तेजपाल।"

कॉफ़ी आ गई थी। बीनू ने एक बार उनका चेहरा देखा और चुपचाप प्यालों में कॉफ़ी तैयार करती रही।

"नहीं जी, मेरी तबीयत अच्छी नहीं है।" वे घुँटे गले और कातर भाव से बोलीं। मान से उनकी आँखें नम हो आई थीं और सामने की ओर निकले पाँव का छोटा-सा ख़ूबसूरत अँगूठा जल्दी-जल्दी उठ-गिर रहा था।

मुझे लगा, एकदम परिस्थिति बड़ी विकट हो गई है। उनका कहना क्यों नहीं माना जा रहा, इस भाव से तेजपाल के चेहरे पर सख़्ती आ रही थी और मिसेज़ तेजपाल को देखकर लगता था, जैसे किसी ने एक बार भी अगर अनुरोध कर दिया तो वे रो पड़ेंगी। बीनू ने सबसे पहले प्याला उन्हीं की ओर बढ़ाकर कहा, "लीजिए, आप पहले कॉफ़ी पीजिए।" खड़े-खड़े तेजपाल पीछे से उनके सिर की माँग को बड़े अजीब निगाहों से घूर रहे थे...बीनू ने उन्हें प्याला ऑफ़र किया तो हठात चौंक पड़े। 'थैंक्स' कहकर वे आराम की मुद्रा में खड़े-खड़े ही कॉफ़ी पीते रहे।

सहसा बड़े नाटकीय अन्दाज़ से कप को साइड-टेबल पर रखकर रणधीर बोला, "कम-से-कम डिप्टी-गॉड का तो अनुरोध रख लेतीं।"

हम सब लोग बड़े ज़ोर से हँसे। "अच्छा, छोड़िए, फिर कभी सही," कहकर बात टाल दी गई। और फिर सब लोग अपने आसामिया बैरा गोमेज़ की बात करते रहे। वह हिन्दी नहीं जानता था। एक बार जब घड़ी बन्द हो गई तो उसे बीनू के पास लाकर बोला, "मेम साहब, यह घड़ी तो मर गिया।" चाबी-वाबी दूर, बीनू बुरी तरह हँसती रही। वातावरण का तनाव हटाने के लिए बीनू उसी की बातें बता-बताकर हँसती रही। तेजपाल ने भी हँसी में योग दिया। वे अब बैठ गए थे।

फिर एक घूँट में सारा कप ख़त्म करके मेजर तेजपाल उठ खड़े हुए, "अच्छा, मिसेज़ धीर, अब हम चलेंगे। आप भी खाना-वाना खाइए। घूम-फिरकर आए हैं।" उन्होंने अपना विशाल पंजा मेरी ओर बढ़कार कहा, "आप तो अभी यहीं हैं न? फिर मुलाक़ात होगी। एक ही तो सीढ़ी है। कभी ऊपर आइए न!" उनकी अँगुलियों के पोरों के ऊपर भी बालों के गुच्छे थे।

उनके इस प्रकार उठ खड़े होने से सभी चौंक पड़े। मिसेज़ तेजपाल ने अभी एक घूँट से ज़्यादा नहीं लिया था। उन्होंने एक बार उठते तेजपाल और एक बार प्याले को देखा। मैं उस समय तेजपाल को जवाब दे रहा था, "आऊँगा ज़रूर, लेकिन आपके बराबर ऊँचा उठते डर लगता है।"

"मान गए भाई, आपके डी.जी. शब्दों के खिलाड़ी हैं। ज़रूर शायरी कर लेते होंगे।" तेजपाल ख़ुश हो गए। पता नहीं क्यों उनका चेहरा देखकर मुझे अलेक्जेंडर ड्यूमा का चेहरा याद आ गया। उनकी तुलना के लिए फिर मिसेज़ तेजपाल की ओर देखा और जाने क्यों मुझे ऐसा लगा, जैसे एक बार उनके मन में यह आया हो कि तेजपाल को खड़ा रहने दें और ख़ूब आराम से कप ख़ाली करके ही उठें। उनकी भौंहें खिंच गई थीं, लेकिन बड़ी मुश्किल से कप के हैंडिल से उलझी अँगुली निकालकर वे उठ खड़ी हुईं, सख़्ती से गर्दन को झटका देकर उन्होंने बालों को एक झोंका दिया और दोनों हाथ उठाकर कानों के ऊपर उन्हें पीछे करने लगीं। उनकी खुली कमर और सुडौल शरीर ने सभी की निगाहें खींचीं। इसे उन्होंने भी भाँप लिया और यह प्रशंसा शायद उनके आहत अहं को थोड़ा सहला सकी...

कमरे से बाहर निकलते समय तक उनके चेहरे की सारी दीनता और निरीहता के पार कोई उद्धत क़िस्म की चीज़ उभरती चली आ रही थी; शायद लापरवाही, शायद मस्ती...शायद चुनौती। उन्होंने कमर पर दोनों हाथ इस तरह रख लिये कि कुहनियाँ पीछे की ओर निकल आईं और उन पर केप छाते की तरह तन गया। ऐसा लगा, जैसे उन्होंने जान-बूझकर अपने शरीर को ऐसा लचीला, गदरीला और त्वचा को ऐसा स्निग्ध-पारदर्शी बना लिया है कि खामख़्वाह उसे छूकर देखने की इच्छा मन में जागती थी...शायद तेजपाल के उस हिंस्र को चिढ़ाने के लिए उन्होंने सीधे मेरी ओर देखते हुए इस बार साधिकार कहा, "मिसेज़ धीर, आप लेकर आइए न!" और मुझे लगा, उनकी निगाहों का जादू नस-नस में तैरता चला गया।

"आपके कैम्प जाने का क्या हुआ मेजर तेजपाल?" बाहर की ओर चलते हुए रणधीर ने पूछा।

तेजपाल ने ठोड़ी सहलाते हुए कहा, "इसी परेशानी में तो हूँ यार! अगले महीने ही शायद तीन महीने को जाना पड़े।"

"जगह का पता चल गया?"

"अभी कोच्छ पता नहीं।" तेजपाल दोनों कन्धे 'क्या पता' कि सिनेमाई ढंग से झटककर होंठ सिकोड़ते बोले, "पाँच-छः दिनों में तो एन.सी.सी. के लड़कों को लेकर जाना है, यहाँ कहीं पास के गाँव में सोशल-सर्विस के लिए। यह एक साली और मुसीबत लगी है जान को। फावड़े लेकर सड़कें बनाओ। शायद एक हफ़्ते का कैम्प रहे।"

"हमारा अभी कुछ पता ही नहीं..." पतलून की जेब में हाथ डालकर रणधीर चिन्तित हो आया, "शायद आप ही के साथ पड़े।"

"आइए, ज़रूर आइए।" कहकर बड़ी अपनत्व-भरी मुस्कान के साथ मिसेज़ तेजपाल ने अपनी सफ़ेद हथेली उठाकर 'बाई' के ढंग पर नमस्कार किया। तेजपाल के हाथ में रैकेट थे। हम लोग उन्हें सीढ़ियों पर चढ़ता देखते रहे—स्लिम शरीर, भरी देह, सीढ़ियों पर उठते क़दम,

लहराते केप के फूल और ऊपर झूलते बाल...सीढ़ियों के मोड़ पर एक बार फिर 'बाई-बाई' हुआ।

"सरकार, अब चलिए।" बीनू ने याद दिलाया तो रणधीर झेंपकर मुस्कराया और बीनू के कन्धे पर हाथ रखकर लौट पड़ा, "मेजर तेजपाल की फैमिली बड़ी ऊँची है। देहरादून के प्रिंस ऑफ़ वेल्स कॉलेज में देखे थे मैंने इसके ठाठ। बाप शायद एच.एच. का कज़िन है। ख़ुद छोटा-मोटा राजा है। हज़ारों एकड़ की ज़मींदारी है। देखा नहीं, हर बात में एक अजीब शान है—चेहरे-मोहरे सभी से राजसी रौब टपकता है।" फिर मानो मेरी आदतों को लक्ष्य करके कहा, "कभी आपको ढीला-ढाला नहीं दीखेगा। बड़ा स्मार्ट चैप है।"

मैंने लापरवाही से कहा, "यार, हमें तो तुम्हारी मिसेज़ तेजपाल बड़ी अच्छी लगीं।"

रणधीर का हाथ धीरे से हटाकर बीनू ने रेडियो ऑन कर दिया था और उसके ऊपर झुकी, बिलकुल उससे मुँह सटाए स्टेशन मिला रही थी। एकदम खिलकर हमारी ओर देखती बोली, "अच्छी हैं न! सचमुच कितनी स्वीट हैं... दिल की बड़ी अच्छी हैं बिचारी। कोई भी बात बतानी-कहनी होगी, ख़ुद बीस बार चली आएँगी। और ऑफ़िसर्स की बीवियों की तरह घमंड नहीं है कि वह हमारे यहाँ एक बार ही आई हैं, हम दूसरी बार कैसे जाएँ। आलस्य तो छू नहीं गया। उनका बस चले तो दिन-भर गाती हुई किटी को सीढ़ियों पर ही चढ़ाती-उतारती रहें..." सहसा खट् से स्विच बन्द करके कुछ सुनती हुई वह बोली, "लो, ऊपर पहुँचते ही गाने लगीं। दिन-भर गाती हैं...दिन-भर। बरामदे में स्वेटर बुनेंगी तो गाएँगी, किचन में होंगी तो गाएँगी..."

"शी 'ज़ फुल ऑफ़ म्यूज़िक।" रणधीर ने कहा।

सचमुच मैं आश्चर्य से स्तब्ध रह गया। इतनी स्नायविक घुटन के वातावरण के बाद ही सहसा कोई यों गा भी सकता है, यह मेरी कल्पना में भी नहीं था...पहले तो मुझे ऊपर बजते रेडियो का भ्रम हुआ, लेकिन स्वर के साथ न कोई साज़-संगीत था, न रेडियो की खरखराहट...आवाज़ बस एक मधुर गुनगुनाहट-सी थी।

"लेकिन इन लोगों में..."

"है अपनी कोई पर्सनल चीज़।" रणधीर टाल गया, "दूसरों के व्यक्तिगत मामलों से हमें क्या मतलब? बट यू सी हर...क्या ब्यूटी है, क्या शरीर है! बिलकुल जैसे मक्खन का बनाकर खड़ा कर दिया हो! एकदम निन्यानबे नम्बर का दाना है।" वह पुलककर बोला।

"दाना क्या?" मैंने जिज्ञासा से पूछा।

बीनू नाराज़ हो गई। भौंहें तरेरकर बोली, "शर्म नहीं आती दूसरों की बीवियों की बातें करते? कोई आपकी बीवी को लेकर यों उलटी-सीधी बातें करे, तो?"

रणधीर ने टाई खोलकर बीनू के कन्धे पर रख दी और लापरवाही से बोला, "करे तो करे। हमारी बीवी क्या किसी से कम दाना है!"

बीनू लाल हो उठी, "हिश्ट!" रणधीर की पीठ पर प्यार से टाई फटकारकर बोली, "इसका तो ध्यान करो।"

"यही कौन हमारा ख़याल कर रहा था? देखा नहीं, कैसा आँखें फाड़े दाने को खाए जा रहा था!" रणधीर अपनी लड़कपन की मस्ती पर उतर आया।

मेरे कान सन्ना उठे। पूछा, "दाना क्या?"

झेंपकर जैसे बड़ी मुश्किल से बीनू ने बताया, "अरे भाई, हर ख़ूबसूरत लड़की को ये लोग दाना कहते हैं। मतलब आँखों का भोजन। बड़े ख़राब हैं ये। इस बार विंटर वैकेशंस में किशोर आया था सो उसे भी सिखा दिया। सम्स या टेबल्स याद करते-करते अचानक बोल उठता था—ममी, ममी! पापा का दाना गा रहा है। इसे उतरते-चढ़ते या किसी भी लड़की को आते-जाते देखता तो कहता—पापा का दाना जा रहा है। बोला, वहाँ वापस स्कूल में जाकर क्या नाम रखाएगा? क्या कहेंगी सिस्टर्स भी कि अच्छे मैनर्स सिखाए हैं तेरे पैरेंट्स ने!"

दाना शब्द पर मुझे हँसी आए बिना न रही। बात चूँकि उसके बेटे पर आ गई थी इसलिए बीनू एकदम भूल गई कि किसी चीज़ के बारे में बता रही थी। उसने अपने बेटे के मैनर्स और आदतों पर बोलना शुरू कर दिया था।

इसलिए मैं बीच में बोला, "है तो सचमुच दाना ही! बेशक निन्यानबे नम्बर का! उसे देखते तो तुझे पच्चीस भी मुश्किल से मिलेंगे।"

"ए, माइंड इट," बनावटी क्रोध से रणधीर बोला, "यों हमारे शब्दों को मत ख़राब करो। गुड सेकेंड क्लास से कम नम्बर की चीज़ दाना नहीं कहलाती। भूसा हो जाती है।"

"सॉरी!" हमने फिर एक साथ परिहास से बीनू को देखा। ऊपर से गुनगुनाहट अब भी आ रही थी। मैं बोला, "यों साड़ी के साथ बॉब्ड हेयर बहुत देखे हैं लेकिन किसी पर इतने अच्छे भी खिल सकते हैं, इससे पहले इसका अन्दाज़ा नहीं था!" सचमुच मुझे अब याद आया कि कटे बाल, लिपिस्टिक-पाउडर और पेट दिखाता ब्लाउज़, यह सब मुझे बड़ी ओछी मनोवृत्ति की चीज़ें लगती रही हैं। फिर भी मुझे उनसे घृणा नहीं हो पाई।

"च्च...अए-हए!" बीनू मेरा मज़ाक़ बनाती बोली, "बहुत भा गई क्या? कहो, सन्देशा पहुँचवा दें? लेकिन याद रखना, मेजर तेजपाल गोली मार देंगे, मुझे तो देखते ही डर लगता है। राक्षस जैसी तो आँखें हैं।" आँखें बन्द करके बीनू ने भय की एक फुरहरी ली, फिर करुणा से बोली, "बाल इसके अब नहीं, दो महीने पहले देखते। रेशम जैसे बाल और ऐसे घने और लम्बे कि पिंडलियों पर लहराया करते थे। शोर हो गया था सारी जुबली-लाइंस में। इसी डर के मारे बेचारी जूड़ा बाँधती थी। राह चलते रुक जाते थे। सिर के बराबर का जूड़ा होता था। कम्बख़्त चुपचाप गई और कटा आई। लेकिन ज़िन्दगी-भर की आदत अभी गई थोड़े ही है। देखा नहीं तूने, हाथ बार-बार बाल सँवारने को उठ जाता है?"

"क्यों, कटवा क्यों आई?" मैंने उत्सुकता से पूछा।

"अरे, ऐसी कोई बात भी नहीं थी। हमारे सामने ही की तो बात थी। यों ही सब लोग बैठे थे। ये गा रही थीं। गला तो अच्छा है ही, लोगों ने जी खोलकर तारीफ़ की। तेजपाल बोले, 'इसका गाना सुनते-सुनते तो मैं आजिज़ आ गया हूँ, लेकिन मुझे इसके बाल बड़े ख़ूबसूरत लगते हैं। इन्हीं पर मरता हूँ।' उस

वक़्त तो कुछ नहीं बोली। दूसरे दिन ही जाकर सारे बाल कटवा आई और ख़ुद उनकी याद करके रोती रही। है बड़ी सनकी।"

मैं जैसे धक से रह गया...गुनगुनाहट अब भी सुनाई दे रही थी। आज जब सोचता हूँ तो फिर ध्यान आता है : 'गोलियों का फूल और कुहकता स्वर।' उस क्षण पहली बार मेरी इच्छा हुई कि घुँघराले बालों के ज्योतिर्मंडल से घिरे उस मुख-मंडल को पास से देखूँ, दोनों कनपटियों को हथेलियों में दबाकर देखूँ...देखूँ उन आँखों में कौन-सी गहराइयों की तरल कालिमा मचल रही है...!

बरामदे में बेंत की कुर्सियों से बचकर इस सिरे से उस सिरे तक टहलते हुए बाहर देखा; हवा सील गई थी और हल्की-हल्की बूँदें गिर रही थीं। आकाश गुम था। यहाँ-वहाँ लगे बल्बों की रोशनियों में गिरती बूँदें साफ़ दिखाई दे रही थीं। लॉन सोए पड़े थे और बच्चों के खेलने-फिसलने के लिए बने हुए लोहे के झूले जन्तर-मन्तर से दिखाई देते थे। आइसक्रीम और बिस्कुट के काग़ज़ इधर-उधर बिखरे थे। लॉन के किनारों पर क्यारियों में लगे सुर्ख़ और पीले डेलिया के फूल धुँधले-धुँधले दीखते थे; दूर क़िले के मैदान की ढालू सड़क से आती किसी मोटर की हेडलाइटों की हल्की परछाईं आँखों पर कौंध जाती और बरामदा हल्की रोशनी से भासमान हो उठता। सामने के ब्लॉक में हमारे फ़्लैट के साथ जो फ़्लैट पड़ता था, उसके पीछे की ओर वाला बरामदा इधर ही था। भीतर कमरे की हल्की-सी रोशनी में बनियान और खाकी नेकर पहने एक अर्दली दौड़-दौड़कर मसहरी लगा रहा था। सामने ही वह कोना दिखाई दे रहा था, जिसमें बैठकर मैं अक्सर टाइप किया करता था और ऊपरवाले बरामदे में कभी-कभी किटी इतने ज़ोर से भौंकती थी कि सारा ब्लॉक गूँज उठता था। गाने का स्वर और किटी का भौंकना, कितनी विरोधी चीज़ें थीं, लेकिन लगता है जैसे इनमें कहीं गहरा साम्य है। हाँ, टाइप करते हुए, बरामदे में ही तो शायद पहली बार मैंने मिसेज़ तेज़पाल के एक दूसरे रूप को निकटता से देखा था...

मेज़ पर चारों ओर काग़ज़ बिखरे थे और मैं टाइप कर रहा था। फलवाला आया था सो किवाड़ खुले ही थे...तभी डुबकी लगानेवाले हवाई जहाज़ की तरह गीत की गुनगुनाहट ऊपर से उतरती चली आई और भड़ से किवाड़ खुल गए...

"ओ सॉरी, मैंने सोचा, मिसेज़ धीर बैठी-बैठी बिन रही होंगी, किवाड़ खुले होंगे तो अचानक जाकर उन्हें चौंका दूँगी।" दोनों हाथों से किवाड़ पकड़े वे खड़ी रहीं। आँखों पर काला चश्मा, हल्की गुलाबी क्रेप की साड़ी, वैसा ही ब्लाउज़, नाख़ूनों पर हल्के गुलाबी शेड की नेलपॉलिश, हाथ में बेंत की चपटी डोल्ची, जिसके दोनों ओर प्लास्टिक के फूलकढ़े पर्दे लगे थे। कन्धे पर सुनहरी काम का बिलकुल सफ़ेद पर्स। मैं सचमुच चौंक पड़ा। हड़बड़ाकर उठा, "आइए, आइए!"

वे दरवाज़े को हल्का-सा भेड़कर उसी निश्चिन्त लापरवाही से एक-एक क़दम पर ज़ोर देती बड़ी भीनी-भीनी ख़ुशबू के झोंके के साथ भीतर चली आईं!

"बीनू बाथरूम में है। अभी आती है। बैठिए आप तब तक।" मैं अपने टाइप किये पृष्ठों पर निगाह डालता बोला। रणधीर का शब्द दिमाग़ में टकराया : 'निन्यानबे नम्बर का दाना है।' जब मुस्कराहट किसी तरह नहीं रुकी तो सिर मोड़कर काग़ज़ समेटने लगा।

"अरे, मुझसे तो बोली थी कि दो बजे तैयार मिलूँगी। ये कोई नहाने का टाइम है? मरेगी।" वे बेंत की कुर्सी पर एक घुटने पर दूसरा चढ़ाकर बैठ गई थीं और सैंडल पर अपलक निगाहें टिकाए धीरे-धीरे पाँव हिला रही थीं।

"कहीं बाहर जाना है क्या?" मैंने देखा, आज वे काफ़ी हल्के मूड में थीं। वे मिसेज़ धीर की जगह बीनू कह रही थीं।

"न्यू मार्केट की बात थी, शायद कुछ ख़रीदना था। कहती थी, चार बजे से पहले आ जाना है न, वर्ना मेजर धीर वेट करेंगे। शायद कुछ पर्दे-वर्दे लेने हैं।" फिर झटके से मुड़कर बरामदे में लटके छोटे-छोटे हरे गमलों की तरफ़ निगाह डालकर बोलीं, "मुझे तो ये गमले और फूल बड़े अच्छे लगते हैं। बीनू

बोली, मैं दिला लाऊँगी। मैं अपने कमरे के साइडवाले बरामदे में लटकाऊँगी। रात में कभी आँख खुल जाए, बरामदे में चाँदनी के टुकड़े बिखरे हों...गमलों में लटके फूल कुनमुना रहे हों, बाहर ओस पड़ रही हो तब धीरे-धीरे टहलने में कैसा अच्छा लगता है! है न?"

अरे, ये तो बाक़ायदा कविता करने लगीं! मैंने चौंककर उनकी ओर देखा। काला चश्मा उन्होंने उतार लिया था और दोनों कमानियों को धीरे-धीरे दाँतों पर ठोंकतीं वे बाहर की ओर निगाहें टिकाए कह रही थीं। उन्हें निर्भय होकर देख लेने का अवसर था। मैं उनकी कनपटी और कन्धों को छूते रेशमी बाल देख रहा था। शायद अभी उन्होंने सिर धोया था, शैम्पू की हल्की-हल्की गन्ध आ रही थी। कान का रिंग टूटे चाँद-सा लटका था...कुहनी तक गुलाबी चुस्त ब्लाउज़ में बँधा हाथ कुर्सी की बाँह पर टिका था...घड़ी की काली डोरी कलाई पर बड़ी ख़ूबसूरत लग रही थी और ताल देती अँगुलियों पर ताज़ा लगी नेलपॉलिश गन्धा रही थी।

तभी झटके से घूमकर वे बोलीं, "अरे लो, मैंने तो आपको डिस्टर्ब कर दिया! बैठकर गप्पें लड़ाने लगी! यह मेरी बड़ी बुरी आदत है, जहाँ भी बैठ गई कि गप्पें! अच्छा, ऐसा है कि मैं ऊपर चली जाती हूँ, अपनी किटी से दो-एक बातें करूँगी, या नीचे गुड्डी से गाना सुनूँगी। जब मिसेज़ धी...बीनू नहा ले तो मुझे कहलवा दीजिए। आप काम करें..."

"नहीं, नहीं...मैं तो यहाँ ख़ुद ही नींद से लड़ रहा था।" मैंने जान-बूझकर हाथ-मुँह के सामने लगाकर जँभाई ली। वैसे उनके रंग-ढंग से भी उठने की कोई बात नहीं लगती थी। जैसे यह बात कहनी थी, इसलिए कह दी। धीरे से हँसकर कहा, "यहाँ आकर तो खाने से मैं परेशान हूँ। एक तो यह सीली-सीली हवा, दूसरे हर अगले घंटे बाद ब्रेकफास्ट, लंच, टी या डिनर में से किसी-न-किसी का वक़्त हो जाता है। बीच-बीच में फल-बिस्कुट तो चलते ही रहते हैं।... पहले खाने की ख़ुमारी उतरी नहीं कि दूसरे का वक़्त आ गया। सबके ऊपर यह जहाज़ों का सूट (कालिख)...आप क्या कर आईं?"

वे फिर बाहर देख रही थीं; झटके से मेरी ओर सिर घुमाया तो बालों ने झकोला दिया। "मैं!" फिर जैसे दर्द से हँसीं, "मुझे क्या करना है? वही सुबह उठो, ब्रेकफास्ट तैयार कराके दो, ये परेड से आएँ तो साथ बैठकर खाओ और दोपहर-भर बैठे-बैठे मक्खियाँ मारो। शाम को कहीं सिनेमा या वही आर्डिनेन्स-क्लब, या इस-उसके यहाँ रिटर्न-विज़िट।...मन नहीं लगता तो बीनू के साथ मार्केटिंग-वार्केटिंग पर चले गए, नहीं तो गुड्डी से गप्पें लड़ाते रहे... अपनी किटी के साथ थोड़ा-बहुत घूम आए, स्वेटर बुनते रहे। वही बँधी-बँधाई ज़िन्दगी...वही बँधे-बँधाए लोग...बस, अपनी तो यहाँ बीनू से पटती है।" वे गोदी में रखे चश्मे की कमानियाँ उठाती-गिराती रहीं।

"और बीनू आपके गुण गाते नहीं थकती।" मैं देख रहा था, इस समय उनके ऊपर उस छाया का कोई नामोनिशान नहीं था जो मेजर तेजपाल की उपस्थिति में उनकी आँखों में मँडराया करती थी। वे ऐसी खुलकर बैठी थीं, जैसे न जाने कब की परिचिता हों! पता नहीं, यह काल्पनिक इच्छापूर्ति होती है या कुछ और कि कुछ चीज़ें हमें इतनी अच्छी लग जाती हैं, और हम उनमें अपनापन झलकता देखने लगते हैं।

वे कह रही थीं, "बीनू से ही क्या होता है, यहाँ तो सभी लोग नाराज़ हैं।" सहसा चुप होकर वे कुछ सोचने लगीं। मैंने सोचा, शास्त्रानुसार आकर्षण न होते हुए भी ये आँखें कम सुन्दर नहीं हैं। 'सभी लोग' में कहीं-न-कहीं निश्चय ही तेजपाल होंगे, लेकिन यह विषय इतना कोमल था कि छूने की हिम्मत न होती थी। उत्सुकता के मारे मेरा मन बेचैन हो उठा। मैंने बड़े आग्रह से कहा, "आपने हमें गाना नहीं सुनाया मिसेज़ तेजपाल?"

मेरी बात पर ग़ौर से उन्होंने मुझे देखा और सहसा खिलखिलाकर हँस पड़ीं, "गाना!" उनके गालों के भँवर और गहरे हो गए। हँसते-हँसते वे दो-तीन बार आगे-पीछे झुकीं और दाँतों की बिजली से चौंधियाकर मैंने आँखें दूसरी ओर घुमा लीं। "दिन-भर तो गाती रहती हूँ। अब अलग से ही गाने में क्या रखा है?"

मुझे उनके हँसने का कारण समझ में नहीं आया। लगा, यह हँसी बड़ी

नपी-तुली और सब मिलाकर नकली है। फिर जैसे मुझे बड़े कॉन्फिडेंस में लेकर बोलीं, "कभी ख़ूब जी भरकर सुना दूँगी, इतना कि आप ख़ुद मना करने लगें।"

"अब सुनाइए न!" मैंने फिर उसी आग्रह से कहा। सोचा, शायद और गानेवालों की तरह दो-एक बार कहे बिना वे न गाती हों। "अपने मन से जब गाएँगी, तब तो गाएँगी ही।"

हठात वे उठ खड़ी हुईं। चश्मे की कमानी पकड़कर घुमाती हुई बोलीं, "तो ज़िन्दगी-भर दूसरों के मन से ही गाती रहूँ? नो आई सिम्पली कांट। अकबर का वो कौन-सा शेर है? 'भरते हैं मेरी आह को वे ग्रामोफ़ोन में, कहते हैं दाम लीजिए और आह कीजिए।'" फिर सहसा बात तोड़कर कहा, "अरे बड़ी देर लगा दी बीनू ने!" वे एक-एक क़दम रखतीं; चश्मे को कमानी से घुमातीं बरामदे के दूसरे सिरे अर्थात बाहर के दरवाज़े के पास तक गईं और बुन्दकियोंदार धुँधले काँच के पार देखने की कोशिश करती रहीं।

मेरा मुँह तमतमा आया। स्तब्ध बैठा देखता रहा। वे मुझे अचानक इतनी सख़्त बात कह बैठेंगी, इसके लिए मैं तैयार नहीं था। मैंने क्यों कहा उनसे गाने को? रेडियो-सिनेमा में मैंने उनसे अच्छे गाने सुने हैं। ऐसी कोई ख़ास जन्नत की हूर भी नहीं हैं। हम लोगों ने अपने को गिरा-गिराकर इन औरतों के दिमाग़ सचमुच बहुत बढ़ा दिये हैं। बैठी रहतीं चुपचाप। वह तो मैं शिष्टाचार के नाते बोलने लगा था। उनके चेहरे की मुस्कराती छवि देखकर जाने कैसे मुझे ऐसा विश्वास हो गया था कि मैं उनसे चाहे जैसी बात कहूँ, वे बुरा नहीं मानेंगी और मेरी बात रखेंगी। और झूठ नहीं बोलूँगा, अपने को मैं विशिष्ट व्यक्ति भी समझता था, इसलिए चाहता भी था—उन्हें मेरी बात रखनी ही चाहिए। शायद इस वक़्त उनका रंग-ढंग भी इतना कुछ उन्मुक्त था। मैं उन्हें पीछे ग़ौर से देखता रहा—सुडौल तो उनका शरीर है ही। गुलाबी साड़ी का फॉल और पटलियाँ। झीनी साड़ी से झाँकती बालिश्त-भर चौड़ी कमर की पट्टी। जाने क्यों मुझे उन पर क्रोध ही नहीं करते बन रहा था! लगता था, कहीं वे बहुत निरीह हैं। वे अब लौटेंगी, सोचकर मैं अपने काग़ज़-पत्तर घूरने लगा।

"और बताइए, आपकी शायरी कैसी है?" मुड़ते ही उन्होंने ऐसी स्निग्धता और अपनत्व से पूछा, जैसे कोई बात ही नहीं हुई हो! दोनों पंजे फैलाए मुझे टाइप करने को तैयार देखकर वे सहसा खिलखिलाकर हँस पड़ीं, "एक ही बात से सारी सुस्ती दूर हो गई न? सचमुच, आप आदमी लोग भी बड़े अजीब होते हैं। आप चाहते हैं इसीलिए फूल खिलें, इसीलिए कोयल बोले, इसीलिए झरने बहें, बादल झटकें! मैं देखती हूँ कि रूप-रंग चाहे जितने अलग हों, मिट्टी सब एक है।"

नहीं, मैंने सोच लिया था कि मैं इनकी किसी बात पर आश्चर्य नहीं करूँगा। ऐसा नहीं लगता कि वे अपनी स्वाभाविक स्थिति से गुज़र रही हों। मैं चुपचाप व्यर्थ ही टाइप करता रहा। एक बार मन में आया कि कोई सख़्त बात कह दूँ, फिर चुप रह गया। फिर वे एकदम स्वाभाविक स्वर में बड़े अनुरोध से बोलीं, "हमारा एक काम क़र दीजिए न, कुछ अपने और दूसरों के अच्छे-अच्छे शेर लिख दीजिए!"

मैंने सिर हिलाया और व्यस्तता से अनमने भाव से कहा, "जी।"

उन्होंने सहसा बाल झटकते हुए मुझे देखा और दो चक्कर लगाए—हुँह, आपसे तो ज़रा सा गाने को कहा सो नहीं हुआ और दूसरे से आप उम्मीद करेंगी कि दुनिया-भर की बेगार करेगा! वे मुस्कराकर बोलीं, "आपको अभी कहीं फाँसी-वाँसी नहीं मिली।"

मैंने सिर उठाकर प्रश्नवाचक मुद्रा से देखा, अर्थात क्या मतलब?

"नहीं समझे?" वे इस तरह हँसीं, जैसे बहुत बड़ा मज़ाक़ करने जा रही हों! "कहीं कोई फ्याँसी-व्याँसी (वाग्दत्ता प्रेमिका) नहीं है?"—मानो गाने का अनुरोध करने का मेरी प्रेमिका से कोई सम्बन्ध हो! "अच्छा, आप तो बताएँगे नहीं, बीनू से पूछती हूँ।" फिर सुना, वे ग़ुसलख़ाने के पास जाकर बीनू से बातें कर रही हैं। उनकी डोलची अभी तक कुर्सी के पास रखी थी। मन हुआ कि उठाकर नीचे फेंक दूँ, फिर अपने बचपने पर ख़ुद ही हँसी आई। कार्बन को मुट्ठी में गोल-मोल करके फेंकने से पहले एक बार फिर

इच्छा हुई कि उसे उनकी डोलची में रख दूँ। अभी दूसरी ओर के बरामदे से सुनाई दिया :

जवाँ है मुहब्बत हसीं है ज़माना।...
लुटाया है दिल ने ख़ुशी का ख़ज़ाना...

अरे, वे तो गाने लगीं! मैं मुस्करा उठा। नीचे का पेड़ हमारे फ़्लैट के बराबर उठा था। इस कुहुक को सुनकर पेड़ पर बोलती कोयल सहसा चुप हो गई...

लेकिन आख़िर मिसेज़ तेजपाल ने ऐसा क्या कर डाला कि तेजपाल पागल हो गए?—यह बात अभी तक मेरी समझ में नहीं आ रही थी और जब किसी तरह मन नहीं लगा तो मैं चुपचाप नीचे उतर आया। मेजर अइयर के फ़्लैट में रणधीर के खिलखिलाने की आवाज़ आ रही थी। किसी के यहाँ टेलीफ़ोन घनघना रहा था। उतरते हुए मुझे बेचैनी-सी हुई कि कोई उसे उठा क्यों नहीं लेता! ग्राउंड फ्लोर के बरामदों या भीतर के कमरों की रोशनियाँ बाहर सड़क तक फैली थीं। पर्दे के लिए नीचेवालों ने रेलवे-क्रीपर और बेगम-बेलिया की घनी बेलें सामने की तरफ़ लगा ली थीं। बेगम-बेलिया के सुर्ख़ रेशमी कतरनों जैसे फूलों के बीच-बीच में ग्रामोफ़ोन के भोंपू-से झाँकते रेलवे-क्रीपर के बैंगनी फूल बड़े अजीब और प्यारे लगते थे। बिलियर्ड्स ज़ोरों से जम रहा होगा। गेंदों, क्युओं और माकर की खटर-पटर के साथ बीच-बीच में एक साँस-रोक सन्नाटा छा जाता होगा। मेरा मन किसी तरह वहाँ नहीं लगेगा, मैं जानता था। यों ही हुगली के किनारे तक घूमने के इरादे से मैं सड़क पर निकल आया। पानी बरस चुका था। आती-जाती मोटरें अपने पहियों से सड़क के पानी को चर्रर करके रगड़ती हुई चली जाती थीं और हेडलाइटों से सड़कों की भीगी हुई काली सतह चकाचौंध हो उठती थी। क़िले के मैदान की हरी घास सीलन सोख रही थी। सड़क की नियोन-बत्तियाँ चिड़ियों की तरह पेड़ों के गीले पत्तों

के पीछे छिपी झाँक रही थीं। सड़क के एक ओर जुबली-लाइंस के ये ब्लॉक अँधेरे और उजाले के चार-ख़ानों से बने हुए लगते थे। अब तो क़िले की बग़ल में भी रहने के लिए क्वार्टर बन गए थे। पहले मुझे अच्छी तरह याद है, उधर क्वार्टर बनने की कोई बात ही नहीं थी। इसी सड़क पर तो मैंने अक्सर मिसेज़ तेजपाल को किटी की जंजीर पकड़कर धीरे-धीरे गुनगुनाते हुए उसे घुमाकर लाते देखा था। उनके एक हाथ में एक पतली-सी बेंत रहती थी और दूसरे में कलाई पर चमड़े का फीता लिपटा रहता था। वह अलसेशियन कुतिया किटी आगे-आगे और वे कमान की तरह झुकी पीछे-पीछे...उनकी जो तसवीर नाम के साथ ही मेरे सामने कौंध जाती है वह यही कि वह तगड़ी, ताक़तवर कुतिया जैसे उन्हें खींचे लिये जा रही है और वे पीछे-पीछे मजबूर-सी खिंचती चली जा रही हैं...डर होता है कि ज़रा-सी ठोकर लगी या सन्तुलन बिगड़ा और वे लुढ़कीं...वे हैं कि गुनगुनाती खिंची चली जा रही हैं। शायद मन पर पड़ी इस छाप का कारण यह हो कि मैंने पहले-पहले उन्हें इसी रूप में देखा था...

मैं बस से उतरकर हाथ में किताब लिये क्वार्टर की तरफ़ चला आ रहा था कि देखा—सामने किटी मिसेज़ तेजपाल को खींचती हुई फ़ाटक से निकल रही है। किटी के साथ-साथ उन्हें भागते हुए चलना पड़ता था। एक बार तो मेरे मन में आया कि अनदेखा कर जाऊँ। लेकिन उन्होंने भी देख लिया था। साथ ही मुझे उनकी कुहनी में बँधी सफ़ेद पट्टी दिखाई दी। अब उनसे उस पट्टी के बारे में पूछना मुझे अशिष्टता लग रही थी। उस दिन की बात अभी भूला नहीं था। 'फाँसी'—मैंने शब्द मन-ही-मन दुहराया और मनाने के जिस अन्दाज़ में वह मुझसे कहा गया था, उसका ध्यान आते ही हँसी आई। निगाहें मिलते ही दोनों मुस्कराए।

"अपनी किटी को घुमाने ले जा रही हैं!" दोनों कान जोड़े खड़ी अपनी ओर ताकती उनकी कमर से ऊँची उस कुतिया को सहमती नज़रों से देखते हुए मैंने हँसकर पूछा। चमड़े की पेटी से उसका पेट भी बँधा था।

"हाँ जी, इस वक़्त इसका मन्न ही नहीं लगता। मार परेशान कर रखा था जब से। मैंने कहा, चल, पहले तुझे ही घुमा लाऊँ।" उनके बाल अस्त-व्यस्त हो गए थे। बड़े बे-मालूम तरीक़े से हाँफते हुए उन्होंने छड़ीवाले हाथ से कानों के ऊपर के बाल हटाए। पूछा, "आज टाइप नहीं करेंगे?"

"अब?" मैंने घिरते अँधेरे और छिपते दिन की ओर इशारा करके कहा, "ये भी कोई वक़्त है टाइप करने का? मुझे तो आज तक याद नहीं कि मैं कभी इस वक़्त कमरे में बन्द होकर बैठा होऊँ। कहीं इधर-उधर टहलूँगा, इसके बाद टाइप करने बैठूँगा। आज तो काफ़ी काम करना है।" तब मुझे फिर परसों की बात याद हो आई। कुछ ठंडे ढंग से पूछा, "आज क्लब वग़ैरा नहीं गईं?"

"मेजर तेजपाल एन.सी.सी. कैम्प में गए हैं न?" कुतिया उन्हें एक तरफ़ खींच रही थी। भूरा मटमैला रंग और जगह-जगह काले रोयें। छाती पर पीले-पीले से मुलायम बाल और अजीब ख़ूँख़ार ढंग की बादामी आँखें। उस कुतिया की आँखों में देखने से मुझे डर लगता था। उसकी आँखों में देखते ही उसकी पुतलियों के सुनहले तिल एक अजीब वहशियाना भूख के साथ सिकुड़ने-फैलने लगते थे। कुतिया उनकी कमर से ऊँची थी। अगर यह चाहे तो उन्हें तिनके की तरह खींचकर ले जा सकती है। न यह फैशनेबल ढंग की बेंत मदद करेगी और न यह संगीतमय गला उन्हें रोक पाएगा। मैंने ऊपर से कहना चाहा, 'अच्छा, यह बात है! तभी आजकल गाने-वाने की आवाज़ें कम आ रही हैं।' लेकिन हिम्मत नहीं पड़ती। जाने क्या जवाब दे दें!

कुतिया ने खींचातानी की व्यस्तता में उन्हें मेरी बात सुनने की फ़ुरसत नहीं मिली। एकदम बोलीं, "चलेंगे, ज़रा हुगली तक इसको घुमा लाएँ...काम तो नहीं है कुछ?"

"चलिए।" मैंने किताब गेट पर खड़े दरबान को दी और हम दोनों हुगली की तरफ़ चल दिये।

आज मुझे मिसेज़ तेजपाल में कुछ अजीब-अजीब बात लग रही थी। लग रहा था, जैसे मुझे उनसे कोई बात कहनी थी जो याद नहीं आ रही है। कनखियों

से देखा तो सहसा चौंक उठा, "अरे ये आपके हाथ में क्या हो गया?" मुझे याद आया कि यही बात तो मैं पहले पूछना चाहता था।

लापरवाही से ठोड़ी झटककर वे बोलीं, "यों ही ज़रा बाथरूम में फिसल गई थी। ध्यान रहा नहीं, तो मैट से पाँव फिसल गया।"

"ज़्यादा चोट तो नहीं आई?" मैंने चिन्ताकुल स्वर में पूछा। उनकी ओर देखा तो मन हुआ, पूछूँ कि आपने मुझे ख़ुद क्यों नहीं बताया। लेकिन यह निहायत अनधिकार बात थी।

"नहीं।" उन्होंने ऐसे टालने के ढंग से कहा कि मुझे चुप हो जाना पड़ा। मुझे ऐसा लगा, जैसे यह बाथरूम में फिसलने की बात सही नहीं है और इसे मैं पहले भी कहीं, किसी और मुँह से सुन चुका हूँ—शायद एकाधिक बार।

हम लोग चुपचाप चलते रहे। अँधेरा घना हो गया था और गैस की बत्तियाँ जलानेवाला दौड़-दौड़कर बत्तियाँ जलाता चला जा रहा था। सेंट ज्यार्जेज़ गेट के सामनेवाली सड़क के बीच बने हरी घास के लॉनवाले द्वीपों को पार करके अब हम लोग चुपचाप हुगली के किनारे जाती पटरी की रेलिंग के सहारे-सहारे चलने लगे थे। मिसेज़ तेजपाल के साथ चलने में बड़ी झिझक लग रही थी, कोई परिचित देख ले तो क्या सोचे? कल ही कोई कहेगा : 'आप उस वक़्त ज़रा 'ऊँचाई' पर थे इसलिए टोका नहीं।' लेकिन उनके साथ चलने में ऐसा कुछ आकर्षण था कि मन-ही-मन बड़ा गर्वमय सन्तोष हो रहा था। भीतर भय था कि कहीं सामने से रणधीर या मेजर तेजपाल ही न आ जाएँ। तेजपाल के चेहरे की कल्पना करके मानो मेरा दिल आतंक से भर उठता। रह-रहकर मैं सिर मोड़कर उनकी ओर देख लेता और पकड़ा न जाऊँ इसलिए दूर बादलों, गुज़रते कार्गो (लद्दू) जहाज़ों और स्टीमरों पर निगाहें टिकाए रखता। वे धीरे-धीरे गुनगुनाती हुई व्यर्थ ही हाथ की बेंत को ऊपर-नीचे झटकार रही थीं। कुतिया चुपचाप चल रही थी। एक खुली जगह से रेल की पटरियाँ पार करते हुए हम लोग जब नदी के ठीक किनारेवाली सड़क पर आए तो वे धीरे से हँसीं।

मैंने इधर-उधर देखकर कि शायद कहीं कोई मज़ाक़ की चीज़ हो, पूछा, “क्यों, क्या हो गया?” लेकिन कहीं कोई ऐसी चीज़ नहीं दिखाई दी।

“मुझे इन हुगली के किनारे घूमनेवालों पर हँसी आती है।” उन्होंने सड़क के किनारे खड़ी कारों की लाइन की ओर इशारा करके कहा, “मछलियों की बदबू और जहाज़ों के मथे गन्दे पानी वाली इस नदी के किनारे आकर ये लोग शायद अपने को चौपाटी, जुहू या ट्रिप्लिकेन-बीच पर खड़ा समझते होंगे।”

“इसमें हँसने की क्या बात है?” मैंने व्यर्थ ही झुककर एक कंकड़ उठा लिया और उसे दो-एक बार झुलाकर पटरी पर फेंकता बोला, “यह तो मजबूरी है। यहाँ कहाँ से ये लोग ट्रिप्लिकेन-बीच या जुहू-चौपाटी लाएँ!”

“आपको हँसने की बात ही नहीं लगती? देखिए न, यहाँ आकर भी ये लोग भीतर कारों में बन्द बैठे-बैठे रेडियो सुनते रहते हैं। तो फिर घर ही क्या बुरे थे? बहुत हुआ तो मडगार्ड से टिककर मूढ़ी या आइसक्रीम खा ली—मानो हुगली पर कोई अहसान कर रहे हों!” हमारी पगडंडी पर भी घूमनेवाले लोग आ-जा रहे थे।

“आप यह क्यों नहीं सोचतीं कि बन्द कारों में सही, लेकिन स्त्रियों को अपने साथ ले आना इनके लिए बड़ी भारी क्रान्ति है, वर्ना इन्हें निकलना कहाँ नसीब होता है? वहीं अपने बन्द और घुटे वातावरण में रहती हैं, अपने को सबसे अनोखा समझती हैं। चूँकि जिन लोगों से मिलना-जुलना होता है, वे या तो रिश्तेदार होते हैं या नौकर-चाकर और सेठ जी के कृपा-पात्र लोग, इसलिए लामुहाला अपने को सबसे महान और ऊँचा समझने का कम्प्लैक्स इनमें पैदा हो जाता है। गाड़ी से बाहर निकलकर घूमने लगें तो लोग साधारण आदमी न समझने लगें? हर वक़्त यह जताने की कांशसनेस न समाप्त हो जाए कि हम बड़े आदमी हैं!”

“हुँह,” उन्होंने जिस तरह कहा, उससे उनका बिचकता मुँह मेरी आँखों के आगे नाच गया। वे ज़रा ज़ोर से बोलीं, “दे शुड बी शॉट एंड चार्ज्ड फार द बुलेट्स! इनसे गोली के पैसे रखवाकर इन्हें गोली मार देनी चाहिए।”

बात सुनकर एक साहब चलते-चलते सिगरेट जलाना भूलकर देखने लगे। यों हर पास से गुज़रती निगाह एक बार उन्हें न देख ले, यह सम्भव नहीं था। अपने उस वाक्य पर वे खिलखिलाकर हँस पड़ीं। दो बार उन्होंने बाल झटके, हालाँकि आज उन्होंने सारे बाल पीछे की ओर किये हुए थे और दो बड़ी-बड़ी चम्पाकलियों की तरह उनके कान ऊपर दिखाई देते थे। मुझे उनका यह वाक्य बड़ा अप्रत्याशित और असाधारण लगा। हम लोग अब मैन-ऑफ़-वॉर-जेटी के सामने से गुज़र रहे थे। सफ़ेद दूधिया रंग का एक ख़ूबसूरत चुस्त जहाज़ बल्बों की आड़ी-तिरछी मालाएँ डाले खड़ा था। ढालू पुल से प्लेटफार्म पर लोग आ-जा रहे थे। मछली ख़रीदने और बेचनेवालों के अपनी ओर मुड़े, मुग्ध चेहरों के बीच बेंत से साड़ी बचातीं मिसेज़ तेजपाल झुके सिर पर जिस लापरवाही से बालों को लटकने दे रही थीं, उससे यह बात मेरे दिमाग़ में आए बिना न रही कि वे अपने प्रति ही नहीं, लोगों की निगाहों और निगाहों में तैरती प्रशंसा के प्रति सचेत (कांशस) और लापरवाह, दोनों हैं। बात मुँह पर आते-आते रह गई कि जिन्हें आप गोली मार देना चाहती हैं वे भी आपके बार-बार हाथों पर खिसक आते पल्ले और वजह-बेवजह मुस्कराने पर कुछ कह रही होंगी। लेकिन कहा, "आप शायद उनकी तरफ़ से नहीं सोचना चाहतीं?"

"देखिए, नदी के किनारे आए हैं तो इस तरह बैठकर खुली हवा खानी चाहिए।" कहकर वे किनारे की घास पर बिना किसी पूर्व-सूचना के धम से बैठ गईं। कुतिया उनके पीछे आ खड़ी हुई। अब मैंने देखा, कितनी बड़ी कुतिया थी! उसकी पीठ उनके सिर से ऊँची निकली हुई थी।

मन में आया, बड़ी अजीब औरत है...

एक क्षण इधर-उधर देखकर मैं भी बैठ गया। भीतर एक अनजान भय था और एक अनाम पुलक थी। पास के पेड़ के नीचे हमारी ओर पीठ किये, कन्धे सटाए एक और बंगाली जोड़ा बैठा था। मुझे बार-बार लगता था, जैसे अभी कोई भारी-सा पंजा पीछे से आकर गर्दन पर पड़ेगा, 'क्यों बच्चू, यहाँ बैठे हो?' और मैं मुड़कर देखूँगा कि अरे, ये तो मेजर तेजपाल हैं! शायद यह बीनू का

वह वाक्य था जो भय बनकर समा गया था। और इसलिए मैं उनके सान्निध्य को कभी सम्पूर्णता से ग्रहण नहीं कर पाया था। लेकिन मिसेज़ तेजपाल की निश्चिन्तता देखकर बड़ी सान्त्वना मिल रही थी।

वे अपलक आँखों से जहाज़ को देखती रहीं—छोटे-छोटे केबिन; रेलिंग, गैलरियाँ, बारजे और चिमनियाँ और भोंपे। किनारे पर दो सुन्दर-सी नावें खिलौनों की तरह लटकी थीं। दोनों पंजे छाती पर रखे खलासी लोग इधर से उधर दौड़ रहे थे। ऊपर कप्तान के केबिन के सामने मेज़ और कुर्सियाँ डाले दो अफ़सर कपों में कुछ पी रहे थे। एक कुर्सी ख़ाली पड़ी थी। जहाज़ की बत्तियाँ मिसेज़ तेजपाल की आँखों में झिलमिला रही थीं। पीछे क़िले की ओर वाली पटरी पर खड़ी कनवर्टिबल से हल्की-हल्की रेडियो की आवाज़ में कोई सिनेमा का गाना गा रहा था। थोड़ी देर उसे यों ही अपनी गुनगुनाहट में उतारती रहीं। फिर सहसा सिर झटका।

"जाने क्यों, इन जहाज़ों को देख-देखकर बड़ी अजीब-अजीब बातें मेरे दिमाग़ में आती हैं।" वे अस्फुट-से स्वर में बोलीं, "जाने कहाँ-कहाँ घूमते होंगे ये! इन पर रहनेवालों को कैसा लगता होगा जाने...वैसे भी नदी के किनारे घास पर बैठने का मुझे नशा है। बचपन से ही बहते पानी को देखकर अजीब-सा मन हो जाता है। मुझे याद है, जब हम छोटे थे, हमारे घर के पीछे ही एक ख़ूब चौड़ी नहर थी। मुझे जब भी मौक़ा मिल जाता, वहीं भाग जाती। बैठी-बैठी घंटों पानी को देखा करती। पानी में बादल तैरते रहते...मेरा मन होता, मैं भी इन बादलों में से एक पर बैठकर तैरती हुई समुद्र में चली जाऊँ—ख़ूब दूर चली जाऊँ... उधर कहीं से कोई तूफ़ान में भटका, दिशा-भूला जहाज़ जा रहा हो...मैं दोनों हाथों से भोंपू-सा बनाकर ख़ूब ज़ोर-ज़ोर से जहाज़ वालों को आवाज़ दूँ...मेरे गले की नसें उभर आएँ...लेकिन जहाज़ चला ही जाए...सूनी-सूनी आँखों से मैं उसे क्षितिज में खोता हुआ देखती रहूँ और फिर फूट-फूटकर रो पड़ूँ..."

मैंने देखा, वे सहसा फिर भावुक हो उठी हैं। कितनी जल्दी वे अपने बाल झटकने के साथ ही मूड बदल देती हैं—मैं तो इतनी जल्दी अपने को

नहीं बदल पाता। पीछे खड़ी मोटरों की क़तारें, आइसक्रीम, मूँगफली और मूढ़ी, चना जो गरम या चीना-बदाम बेचनेवालों, झन्नाटे से गुज़रती बसों, हमें रहस्यमय कुतूहल से देखते ठीक पास से गुज़रते सैलानियों की रेंगती निगाहों और सामने नावों, स्टीमरों और कार्गोलौंचों की छायाएँ मेरी चेतना में कुछ इस तरह कुलबुला रही थीं कि सहसा बादलों और चीलों के साथ तैरने की बात मैं नहीं सोच सकता था। लेकिन इस सबकी शायद उन्हें चिन्ता भी नहीं थी। आज सोचता हूँ तो लगता है कि वे शायद ये सारी बातें मुझे सुना भी रही थीं, इसमें शक है। वे तो अपनी मुखर मानसिक-स्थिति का एक गवाह चाहती थीं और संयोगवश वह मैं था।

"अब देखिए, इस किनारे पर देखिए।" वे अपनी कुतिया की गर्दन पर हाथ रखकर कह रही थीं, "पानी कैसा लहरें मार रहा है! शायद ज्वार का समय है। अच्छा, आप ही बताइए, रोशनी की परछाइयाँ ऐसी नहीं लगतीं जैसे चमकदार सुनहले-सुनहले साँप पानी में लड़ रहे हों और फिसलन-भरे किनारे पर चढ़ने की कोशिश कर-करके रह जाते हों...नावों के भीतर मसाला पीसते, खाना बनाते लोग...वह देखिए...हाय, वह माउथ-ऑर्गन पर कैसी अच्छी धुन निकाल रहा है—हमें तो शामें ग़म में काटनी है ज़िन्दगी अपनी..." और वे धीरे-धीरे माउथ-ऑर्गन के साथ स्वर मिलाकर गाती रहीं। फिर सहसा आनन्द की एक फुरहरी लेकर उन्होंने साड़ी को कमर के पास बग़ल में खींच लिया। उनकी चुस्त-ब्लाउज़ में कसी पीठ और सुडौल कन्धे—दोनों तो पूरे खुल ही गए, कमर का भी काफ़ी हिस्सा दिखाई देने लगा। इस ओर से बेख़बर वे बोलीं, "उफ़, मेरा तो मन कर रहा है, उछलकर खड़ी हो जाऊँ और कुलाचें भरती हुई इधर से उधर भागूँ!" उन्होंने आवेश में आकर बैठी हुई कुतिया के दोनों कान अपनी अँगुलियों से इस तरह प्यार से झटका दिये मानो किसी बच्चे के बाल बिखरा दिये हों! "आज जाने क्यों मेरा मन बड़ा ख़ुश है। बड़ा फ्री है। अच्छा, एक गाना गाऊँ?"

"नहीं भैया, कुछ तो ध्यान कीजिए आसपास का!" मैंने सहसा चौंककर कहा और कनखियों से इधर-उधर देखकर धीरे से हँस पड़ा। इतनी बड़ी होकर

भी मानो हर लड़की कहीं-न-कहीं छोटी बच्ची है जो अभी ठुमककर कह उठेगी, 'उहुँ, हम तो सुनाएँगे।'

"नहीं, बस एक। भई, आप तो ग़ुस्सा बहुत जल्दी हो जाते हैं। मेरी बात को याद मत रखा कीजिएगा। मैं तो यों ही, जो मन में आता है कह देती हूँ। बहुत धीरे-धीरे गाऊँगी। आप भी कहेंगे, कैसी बदतमीज़ है, लेकिन गाऊँगी ज़रूर।"

उनके स्वर में एक ऐसी अजीब और अप्रत्याशित आत्मीयता थी कि मैं चौंक पड़ा, जैसे वह एक ऐसा धक्का था जिसे एकदम सँभाल पाना मेरे लिए सम्भव नहीं था। पिछली धारणा उनके बारे में कुछ इस तरह की बन गई थी कि यह सब बड़ा विरोधाभास-सा लगा।

और वे अपने उठे हुए घुटनों के निकट ठोड़ी लाकर धीरे-धीरे गाने भी लगी थीं। माउथ-ऑर्गन के साथ अभी तक वे गुनगुना रही थीं, और वह भी बड़ा अस्पष्ट और अस्फुट। स्वर चूँकि काफ़ी धीमा था इसलिए मैं सिर पास लाकर सामने देखते हुए सुनने लगा...वे मजाज़ की नज़्म गा रही थीं : 'ऐ ग़मे-दिल क्या करूँ, ए वहशते-दिल क्या करूँ...'

ज़रा-सा गला साफ़ करके स्वभाव के अनुसार उन्होंने बाल झटके तो एक गुच्छा मेरे कानों में आ टकराया...तब पहली बार मेरा सारा शरीर ऊपर से नीचे तक झनझना उठा। मुझे जैसे नये सिरे से अपनी उपस्थिति का बोध हुआ। मैंने हथेली कान पर फेरकर उस चुनचुनाहट को झाड़ने की कोशिश की...लेकिन एक अजीब मादक, स्वप्निल मीठी-मीठी गन्ध का कुहासा मुझे अपने चारों ओर गाढ़ा-गाढ़ा उभरता-सा लगने लगा...जैसे विस्मृति के सागर की लहरें संगमरमर की चट्टानों पर पछाड़ खाती हों और उनकी फुहारों से मेरा तन-मन भीगा जा रहा हो—

मुन्तज़िर है एक तूफ़ाने-बला मेरे लिए,
अब भी जाने कितने दरवाज़े हैं वा मेरे लिए,

पर मुसीबत है, मेरा अहदे-वफ़ा मेरे लिए,
ऐ ग़मे-दिल क्या करूँ, ऐ वहशते-दिल क्या करूँ?
दिल में इक शोला भड़क उट्ठा है आख़िर क्या करूँ?
मेरा पैमाना छलक उट्ठा है, आख़िर क्या करूँ?
ज़ख़्म सीने का महक उट्ठा है, आख़िर क्या करूँ?
ऐ ग़मे-दिल क्या करूँ, ऐ वहशते-दिल क्या करूँ?...

जिस समय मिसेज़ तेजपाल विभोर होकर ये लाइनें गा रही थीं, मैं जैसे अपने पास से उठकर कहीं और चला गया था। जैसे उनसे, आसपास के वातावरण से कहीं दूर...किन्हीं अनजान बर्फानी चोटियों के पार...मुझे लगा, जैसे मैं सितंबर या मार्च की चाँदनी के सन्नाटे में किसी सूने-सूने लॉन पर सिर के नीचे हथेलियाँ रखे चित लेटा कुहरिल आसमान को देख रहा हूँ और आसपास की क्यारियों के बेले और चमेली की लहरों के बीच गुलाबभँवर की तरह खिलखिला उठे हैं...जैसे कभी-कभी आधी रात तक ताजमहल के लॉन में लेटा रहा करता था और किसी उदास बुजुर्ग की तरह घुटनों में सिर दिये ताजमहल चुपचाप बैठा चाँदनी में भीगता, किन्हीं अतीत की दूरियों में खोया रहता था। एक क्षण को मुझे लगा, जैसे सचमुच मैं उसी क्षण में लौट गया हूँ और अधमुँदी आँखों से आसमान को थाहे जा रहा हूँ और ताज की सीढ़ियों पर, हथेली पर ठोड़ी रखे कोई उदास बैठा जाने क्या सोच रहा है, इस बात की छाया का अहसास मेरी पलकों में रह-रहकर मँडरा जाता है...तभी किसी स्टीमर ने 'भों' की लम्बी कराह के साथ सामने की जगह पार की तो मैं फिर साश्चर्य अपने में लौट आया। कहाँ चला गया था मैं अभी-अभी?...

जी में आता है ये मुर्दा चाँद तारे नोच लूँ,
इस किनारे नोच लूँ, और उस किनारे नोच लूँ,
एक दो का ज़िक्र क्या, सारे के सारे नोच लूँ,
ऐ ग़मे-दिल क्या करूँ? ऐ वहशते-दिल क्या करूँ?...

उनके गाते-गाते मुझे लगा, जैसे बीच में उनके गाने का प्रवाह कहीं रुका और उन्होंने कुछ सटककर ज़ोर से दाँत पीसे...मानो सचमुच चाँद-तारों को नोचने का जोश उनके भीतर उफन रहा है...मुझे लगा, जैसे जादू का ज्वार धीरे-धीरे उतरने लगा हो...उनका यह मूड, उनकी पुरानी तसवीर और यह अवसाद...जैसे कहीं दोनों में कोई साम्य या संगति न हो...और इस चेतना ने मुझे फिर से हुगली के किनारे पहुँचा दिया...

वे सामने बैठी खोई-खोई गाती रहीं और रह-रहकर मुझे उनकी अपनी ओर वाली मखमली बाँह, रेशमी बाल, और कनपटी पर चाँद, किटी का चौकन्ना चेहरा—सभी कुछ एक कुहासे के पार खोता हुआ लगने लगता और फिर मैं होश में आकर देखता कि वे अपने हाथों की पतली-सी बेंत को धीरे-धीरे अपने उठे हुए पंजों पर मार रही थीं। जैसे उनकी यह हरकत, हिलते हुए होंठ और कुहनी पर बँधी सफ़ेद पट्टी मुझे खींचकर फिर धरती पर ले आती और कॉस्मेटिक की भीनी-भीनी महक फिर ऊपर हवाओं में उछाल देती, फूल-सा हल्का बना देती। अपने सिर के पास ही उनके सिर का होना मुझे बड़ा अच्छा लग रहा था और मन कहता था—कोई हम दोनों को इस प्रकार देखकर क्या कहता होगा! मैं उस समय उनके स्वर में, उनकी उपस्थिति के जादू और उल्लसित मूड के प्रवाह में बेबस होकर बह ज़रूर जाता था; लेकिन एक हल्की-सी टीस भी उठती थी कि शायद मैं किसी के बदले यहाँ बैठा हूँ... पता नहीं वह कौन है! अकेले पहाड़ी झरने के एकान्त किनारों और घाटियों की हरियल सलवटों की अँगड़ाई लेती भूल-भुलैयों से लौटकर ही मुझे यह भी लगता कि ये अपना सिर मेरे सिर के इतने पास क्यों ले आती हैं? बग़ल में बैठे ये लोग कहीं इस गीत को सुनकर यह न सोच लें कि जाने कौन बाज़ारू औरत साथ है...!

और यह मैं भी जानता था कि वे हल्की चाहे जितनी हों, चाहे जितनी उन्मुक्त और स्वच्छन्द होकर व्यवहार करें या गाएँ, लेकिन उनकी हर बात में एक ऐसी संयत ऊँचाई का भाव है, ऐसा कुछ ग्रेस है कि सहसा उनके बारे

में कोई ऐसी-वैसी बात नहीं सोच सकता। मुझे याद है—उस समय एक बार जाने कैसे मुझे लगा कि जैसे मिसेज़ तेजपाल के बाल बहुत लम्बे-लम्बे हैं और उन्होंने ख़ूब गोल-सा जूड़ा बाँध रखा है। इच्छा हुई, कहीं से रजनीगन्धा की कलियों का एक अर्धचन्द्राकार जूड़ा लेकर उनके केशों में लगा दूँ और जाने किस आवेशवश मेरे हाथ उनकी पीठ सहलाने के लिए तड़प उठे। एक बार तो शायद उठ भी गए, लेकिन मैंने सिर्फ़ अँगड़ाई लेकर उस इच्छा को दबा लिया...शायद बीनू की बात मन में तसवीर बन गई थी...सारी रोमांटिक भावनाओं के बावजूद मुझे गर्व था कि वे मुझे अपने इन एकान्त क्षणों का यों गवाह बना रही हैं...यों निकट आने दे रही हैं...मैं जताना चाहता था कि ऐसी अप-टु-डेट अभिजात सौन्दर्यशालिनी नारी मुझे यह गौरव दे रही है और मैं यों उसके मूड में हिस्सा ले रहा हूँ...

गाना ख़त्म करते ही बिना मुझे कुछ कहने का अवसर दिये वे बोलीं, "कितनी दुखभरी ग़ज़ल है! है न? जाने क्यों, जब मेरा दिल ख़ूब-ख़ूब ख़ुश होता है तो यों ही कोई बड़ी दुखभरी चीज़ गाने को मन करता है। गाते-गाते इच्छा होती है, एक-एक लाइन को कई-कई बार गाऊँ और ख़ूब-ख़ूब रोऊँ। अच्छा, एक बात आपको पता है? मुझसे दुखान्त फ़िल्में नहीं देखी जातीं—मैं जाती ही नहीं। कई दिनों तक मन बहुत ख़राब रहता है..." पीछे से जाती माल-लदी ट्रक का कोई पुर्ज़ा इतनी ज़ोर से आवाज़ करता हुआ चला गया कि उनकी बात टूट गई...

उन्हें मानो मेरी ओर से कुछ सुनने की ज़रूरत ही नहीं थी। लेकिन मुझसे अब नहीं रहा जा रहा था। बार-बार उनके कन्धे पर हाथ रखने की इच्छा फड़ककर रह जाती थी और रह-रहकर लगता था, जैसे कहीं उनकी ज़िन्दगी में कोई बहुत बड़ी ट्रैजेडी है, कोई गड़बड़ है और उस गड़बड़ को उनकी बलबलाती हुई जीवनीशक्ति स्वीकार नहीं कर पा रही है। मैं स्पष्ट ही अपने हृदय से उठकर अँगुलियों की पोरों तक आती कोई लहर जैसी चीज़ महसूस करता और यह लहर शब्दों का रूप लेकर मेरे मन में गूँज उठती थी। तब

कल्पना से मैं उनकी कनपटी पर हथेली रखकर उनके सिर को अपने कन्धे से लगा लेता और कहता, "बहुत दुखी हो मिसेज़ तेजपाल तुम। मैं जानता हूँ। गोलियों के फूल की छाया में तुम्हारी यह कुहुक कौन सुनता होगा?" साथ ही यह भी जानता था कि इस सहानुभूति और दया को उनका आत्म-सम्मान कभी स्वीकार नहीं करेगा। मैंने झिझकते-से स्वर में कहा, "एक बात पूछूँ मिसेज़ तेजपाल?"

"पूछिए।" वे सहसा चिहुँक उठी। नदी किनारे बैठे अपने-आप में अकेले युवक-युवती में से जब कोई एक ऐसा सवाल पूछता हो तो उसका अर्थ क्या होता है, मानो यह बात सहसा उन्हें याद हो आई।

उनकी आशंका समझकर मैंने हँसकर कहा, "नहीं, कोई ऐसी ख़ास बात नहीं है। मैं तो यों ही पूछना चाहता था कि आपका नाम क्या है?"

उन्होंने मुक्ति की साँस ली और खिलखिलाकर हँस पड़ीं, "बस? अरे, मेरा नाम मिसेज़ तेजपाल है, और क्या होता?"

"नहीं, यह नहीं। यह तो बाद में ही हुआ होगा न शादी के। पहले भी तो होगा कुछ।" मैंने हठ करके पूछा, "कई बार यह बात मन में आई। पहले सोचा, बीनू से पूछूँगा। अब आपसे ही पूछे लेता हूँ।"

वे उसी तरह हँसती रहीं और मेरा मन होता रहा कि रोशनी होती तो मैं उनके खिलते दाँत देखता। वे बोलीं, "बहुत अच्छी लग गई हूँ क्या? बड़े इंटरेस्टेड हैं मुझमें? कहीं मुझसे मुहब्बत-उहब्बत तो नहीं करने लगे? भई, आप पुरुष लोगों का क्या ठीक है?" वे सीधी मुड़कर मेरी ओर देख रही थीं।

मैं सकपकाकर स्तब्ध रह गया। वे तड़ाक से यह बात कह बैठेंगी, यह चीज़ मेरी कल्पना से एकदम बाहर थी। लगा, जैसे वे मुझे बच्चे की तरह खिला रही हैं। यह भी जानता था कि वे मज़ाक़ कर रही हैं, लेकिन जाने क्यों मुझे इस बात में सुरुचि का अभाव लगा। नारीत्व को संकोच और शालीनता के साथ मिलाकर देखना, हो सकता है, मेरे संस्कार हों, मगर मुझे उनकी बात से ऐसा लगा जैसे किसी ने एक झटके के साथ सारा मायाजाल खींचकर अलग

फेंक दिया है और मैं अनावृत्त निरीह-सा खड़ा रह गया हूँ। स्वर समेटकर बोला, "अच्छी तो वाकई आप हैं, इसमें क्या शक है! लेकिन नाम पूछने का यह सब अर्थ कहाँ है?" और मैं सीधा बैठ गया।

उन्होंने कुछ नहीं कहा—एक गहरी साँस ली और बोलीं, "मिसेज़ तेजपाल नाम ख़ास बुरा तो नहीं है? नाम ही क्या, पहले जाने कितनी चीज़ें थीं जो मिसेज़ तेजपाल होने के बाद छूट गईं...नाम ही क्यों रहता?"

"मसलन..." मैंने समझा, इस प्रश्न के द्वारा मैं उनके नाम के साथ-साथ पिछले जीवन की और कुछ बातें भी जान सकूँगा।

"मसलन मैं पहले किसी की बेटी थी, किसी की बहन थी, बाद में सिर्फ़ पत्नी हो गई। शादी के समय सिर्फ़ लेफ्टिनेंट की बीवी थी और आज मेजर की हूँ, दो-तीन साल बाद कर्नल की हो जाऊँगी।"

"यह तो आप सवाल को टाल रही हैं।"

"टाल कहाँ रही हूँ? इतना साफ़ तो कह रही हूँ कि मैं पिछला कुछ भी नहीं लाई अपने साथ। अपने शौक़, अपने सम्पर्क, अपना नाम—सब पीछे छोड़ आई हूँ।" मेरे अविश्वास को पढ़कर वे बोलीं, "अच्छा, मान लीजिए, मेरा नाम...मेरा नाम..." उन्होंने इधर-उधर सहारे के लिए देखा, "मेरा नाम हुगली था, फुटपाथ या...या किट्टी था, क्या फ़र्क़ पड़ता है इससे? अब मिसेज़ तेजपाल हूँ, बस।"

और मैं सहसा बुझ गया। या तो यह स्त्री जान-बूझकर अपने आसपास एक रहस्य का जाला ताने रखना चाहती है या मुझे बहला और टाल रही है। उस पल लगा, उनमें मेरी सारी दिलचस्पी समाप्त हो गई है। याद आया, आज कुछ ज़रूरी काग़ज़ भी तो टाइप करने हैं, वर्ना कल मुसीबत हो जाएगी। लेकिन उठने का प्रस्ताव करने की हिम्मत नहीं हो रही थी। मैं जहाज़ पर घूमते सफ़ेद और नीली वर्दी पहने अफ़सरों और खलासियों को देखता रहा। जहाज़ के सिरे पर रोमन अक्षरों में लिखा था—'हैलन'। शायद कोई ब्रिटिश जहाज़ है, तभी तो ऐसा चुस्त-दुरुस्त है। नीचे जहाज़ से पानी की मोटी धार एकरस धड़-धड़ गिरे जा रही थी।

"विश्वास नहीं हुआ?" उन्होंने हल्के मुस्कराते स्वर में पूछा।

"नहीं, ठीक ही है।"

"अपने कॉलेज में सबसे मस्त लड़की थी। हर चीज़ में हिस्सा लेती थी, दिन-भर हँसती-खिलखिलाती घूमा करती थी, इसलिए लड़के-लड़कियों ने मेरा नाम क्या रख दिया था, जानते हैं?" वे फिर अपने में डूबकर बोलीं, "झुकि झूमि-झूमि मुस्काति जाति!" फिर अपने इतने लम्बे नाम पर ख़ुद ही हँस पड़ीं। "लड़कियाँ भी बड़ी शैतान होती हैं। कैसा लगा आपको यह नाम?"

"काफ़ी अच्छा नाम है।" मैंने फिर बिना किसी विशेष दिलचस्पी के कह दिया।

मेरे स्वर के ठंडेपन को उन्होंने पकड़ा या नहीं, लेकिन सहसा बाल झटककर बोलीं, "अच्छा, एक बात बताऊँ? मैं भारतीय नहीं हूँ।"

"तो?" मैं सचमुच अपनी जगह से उचक पड़ा। यह तो नई बात थी। मैंने एकदम उनके चेहरे की ओर ग़ौर से देखा। उनके फीचर्स अँधेरे में दिखाई नहीं दिये।

"पन्द्रह साल की उम्र में मैंने बर्मा छोड़ा था। तब मैं जूनियर कैम्ब्रिज में पढ़ती थी। बॉम्बिंग हुई तो हम लोग इधर चले आए।"

"ओ!" मैंने सन्तोष की साँस ली। सोचा था, जाने किस देश की होंगी! पूछा, "बर्मा में कहाँ?"

"पेगू। पेगू का नाम सुना है? वहाँ हमारे पिताजी फारेस्ट ऑफ़ीसर थे। माँ बर्मी थीं और पिताजी पंजाबी।" वे फिर दूर खो गईं, "हमें याद है, जब भगदड़ मची थी तो आने में कैसी मुसीबत हुई थी। हम लोग रंगून आए। जिस जहाज़ में हम लोग भेड़-बकरियों की तरह भरकर आए उस पर जापानियों ने बम गिरा दिया। नावों में जितने लोग आ सकते थे, आए। जब तक दूसरा जहाज़ आया तब तक जाने कितने डूब चुके थे। माँ तो उसी भाग-दौड़ में कहीं छूट गईं। हम लोग किसी तरह दिल्ली पहुँचे..."

अब मुझे फिर मिसेज़ तेजपाल पर दया आने लगी। हमदर्दी से पूछा, "कितने भाई-बहन हैं आप लोग?"

"मैं बीच की हूँ। एक भाई मुझसे बड़ा है, एक छोटा। वहाँ से आकर फादर देहरादून में रेंजर हो गए। बड़े भाई मिलिट्री-कॉलेज में तेजपाल के साथ पढ़ते थे। मैं दिल्ली में हॉस्टल में थी। छुट्टियों में जाती थी, तभी एकाध बार भाई के साथ इन्हें देखा..."

"अब कहाँ हैं वे लोग?" मैंने पूछा।

"पता नहीं। इस बात को भी तो आठ-नौ साल हो गए।" वे निहायत तटस्थ अरुचि से बोलीं, "अभी बताया न, पिछले सम्पर्क-शौक़ वग़ैरा सभी कुछ..."

"तो भी जब मेजर तेजपाल कैम्प वग़ैरा चले जाते हैं तो कहाँ रहती हैं?"

"क्यों? क्वार्टर है न। बस, वहीं रहना और दिन-भर रेंकना..." वे लापरवाही से बोलीं, "पिछला सब ख़त्म...किसी ज़माने में टॉल्सटॉय के उपन्यास, शॉ के नाटक, चेख़व की कहानियाँ पढ़ने का शौक़ था...कीट्स और वर्ड्सवर्थ पर जान देती थी और बंगला कविताएँ गाती थी। भरत-नाट्यम नाचती थी—अब तो सब ख़त्म। अब तो...रॉक-एन-रॉल पर कन्धे मटकाते हैं और जॉज़ सुनते हैं। फ़िल्म-फेयर और फ़िल्म-इंडिया, अगाथा क्रिस्टी और स्टेनली यार्डनर को घोंटते हैं और दिन-भर जो जी में आता है सो रेंकते हैं : "मुहब्बत में ऐसे क़दम डगमगाए, ज़माना यह समझा कि हम पी के आए।" वे अचानक बहुत ही हल्की हो आईं। फिर एकाएक उठ खड़ी हुईं, "चलिए, अब उठें। क्या बज गया?" फिर रोशनी की ओर कलाई घुमाकर घड़ी देखी तो मुँह खुला रह गया, "हाय, आठ! चलिए...चलिए!"

खड़े होकर ज़रा झुके-झुके चप्पलों में पाँव डालते हुए वे एकदम डगमगा उठीं तो झट मेरे कन्धे पर हाथ रख दिया, "उफ़, मेरे तो दोनों पाँव सो गए।" उनकी कमर की ऊँचाई तक आनेवाली कुतिया ने बड़ा-सा मुँह फाड़कर जम्भाई ली, 'क्याँऽऽ!' उसके सफ़ेद दाँतों और आँखों में जहाज़ की परछाईं कौंध गई।

मेरा सारा शरीर रोमांचित हो उठा।

मैंने डरते-डरते-से उनके कन्धे को छूकर सहारा देने का भाव दिखाया, और इधर-उधर देखा। मुझे लगा, जैसे उस क्षण उनकी कुहनी भी रोमांचित हो

आई थी। थोड़ी देर पाँव घिसटा-घिसटाकर चलने के बाद वे ठीक हो गईं। मेरे कन्धे पर उनकी अँगुलियों की पकड़ अब भी सिहर रही थी।

रात को सोते समय बहुत देर तक मुझे हुगली के किनारे की बातें याद आती रही थीं। और वह सब एक मधुर चित्र बनकर मेरे मन में सुरक्षित रह गया था। आशंका भी थी, कहीं मिसेज़ तेजपाल मुझसे मज़ाक़ न कर रही हों। जिस ढंग से उन्होंने अपने ऊपर मोहित हो जाने की बात पूछी थी, उससे यह नामुमकिन भी नहीं था कि वे यों ही एक चुहल कर डालें। मुझे लगा, ज़रूर कोई ऐसी बात उन्होंने मेरे व्यवहार में देखी होगी जो 'फाँसी' की बात उन्होंने कही और चलते-चलते सीढ़ी पर कहा गया वाक्य तो ऐसे किसी भी भाव के लिए जगह ही नहीं छोड़ता। फिर भी उन चित्रों में कुछ था कि सोते समय मैं मन में कई बार उन्हें दुहराता रहा था।

लौटते समय हम लोग क़िले की तरफ़ वाली पटरी से लौट रहे थे। वे कह रही थीं, "आज तो बहुत गप्पें लड़ाईं। आप तो बहुत बोर हुए। ये मेरी बड़ी बुरी आदत है। बोलने पर आती हूँ तो बस, बकर-बकर बोले ही जाती हूँ, कोई सुने या न सुने। ममी बहुत डाँटती थी कि लड़कियों का बहुत बोलना अच्छा नहीं होता, लेकिन सुनता कौन था! एक बात थी, घर में मेरा बड़ा रौब था... ममी, फादर, भाई—सभी डरते थे। क्या मजाल जो मैं कोई बात कह दूँ और वह न हो...एक बार की बात है..." वे कहकर सहसा चुप हो गईं, फिर सिर झटककर बोलीं, "अच्छा, कुछ नहीं।"

मैंने इधर-उधर देखा। कोई नहीं था, "क्यों, चुप क्यों हो गईं आप?"

"नहीं, कुछ नहीं, यों ही एक बेवकूफ़ी की बात थी।" वे टालकर बोलीं, "पर उन लोगों ने मेरा बड़ा नुकसान कर दिया। अब अगर मेरी कोई इच्छा पूरी होती तो मन होता है, गोली मार लूँ..." अनजाने ही उन्होंने फीते लिपटे हाथ से दूसरी कुहनी सहलाई।

"लेकिन आपके शौक़ तो बहुत अच्छे थे। आपने उन्हें छोड़ क्यों दिया?" मैंने उन्हें प्रोत्साहन देने के लिए पूछा।

"छोड़ न देती तो उन्हें लेकर घुटती?" वे तल्खी से बोलीं, "आप देखते नहीं, यहाँ कौन से शौक़ पनपते हैं? आदमियों को क्लब, कैबरे, रेस और ब्रिज से फ़ुरसत नहीं है या फिर दिन-भर अपने अफ़सरों की बातें—फ़लाने की फ़लाने से झड़प हो गई...फलाने के प्रमोशन में क्या गड़बड़ी पैदा हो गई। एटीकेट, मैनर्स और कल्चर पर रिमार्क या इसका ट्रांसफर उस डिवीज़न में हुआ, उसका वहाँ। या फिर वही एक-दूसरे के यहाँ डिनर, रिटर्न-विज़िट्स, और चाय पार्टी, बर्थ-डे पार्टी के बाद वही घिसे-पिटे मज़ाक़। एक-दूसरे के बारे में उल्टी-सीधी बातें और पोज़ीशन की होड़। दिन को वही खड़-खड़ करती खाकी काहिया यूनिफ़ॉर्म, वही तनी हुई रीढ़ें और अकड़ी हुई गर्दनें। रोज़-रोज़ वही फीतों और स्टारों की पॉलिश और शाम को काले-काले सूट। आइ'म सिक ऑफ़ देम। नपी-तुली चाल, नपी-तुली हँसी, नपा-तुला मनोरंजन। आप लगातार एक-दूसरे के यहाँ चार साल जाइए, वही पहले दिन वाली फॉर्मेलिटी, वही तकल्लुफ़, वही औपचारिकता। लगता ही नहीं, जैसे आदमी मिल रहे हों! कठपुतली की ज़िन्दगी...जिनकी हर हरकत पहले से तय हो..."

"हाँ, है तो यही बात।" मैंने समर्थन किया, "मैं तो और लोगों से भी काफ़ी मिलता-जुलता हूँ फिर भी यही सब देखते-देखते बोर हो जाता हूँ। तब आप लोगों को तो सचमुच कभी-कभी बड़ी ऊब होती होगी?"

"और यहाँ की औरतें? उफ़, हद है!" वे उत्साह से बोलीं, "खाना और कपड़ा, बस इसके सिवाय वे कोई बात ही नहीं कर सकतीं। चौबीस घंटे बस यही बातें। सबके यहाँ दैनिक अख़बार आते हैं लेकिन उसे खोलती उसी दिन हैं जिस दिन सिनेमा जाना होता है। यों होने को क्लबों में जाती हैं, पार्टियाँ अटैंड करती हैं; मुस्कराती हैं, लोगों को अपने यहाँ खाने पर निमन्त्रित करती हैं, लेकिन इतनी आर्थोडॉक्स हैं कि क्या बताऊँ? एक हैं जिन्होंने अपने हर दरवाज़े पर सथिए काढ़ रखे हैं। ज़्यादातर सातवें-आठवें या दसवें-बारहवें तक पढ़ी हैं, बस। बैरों

ने मेमसाहब कह दिया तो बहुत ख़ुश। बीनू को छोड़कर मुझे तो यहाँ एक भी बात करने लायक़ नहीं लगती। अगर उनके ये पति फ़ौज के ऊँचे अफ़सर न हों तो सचमुच वे एकदम फूहड़ और गँवार हैं। दुनिया की किसी बात से इन्हें जैसे कोई मतलब ही नहीं। दूर रहते थे तो बहुत सोचा करते थे कि मिलिटरी में यों स्वतंत्रता है...यों छूट है...लेकिन सब दूर से दीखता है।" कुछ देर चुपचाप चलने के बाद वे धीरे से हँसीं, "पहले मैं लेटी-लेटी रातों सोचा करती थी कि जिसने अन्ना कैरेनिना लिखा होगा, उसके दिल में कितना दर्द होगा...क्या-क्या बातें उसके मन में आया न करती होंगी! अब तो वह सब याद भी नहीं आता। किसी और जन्म की बातें लगती हैं, किसी बहुत पुराने ज़माने की..."

"ख़ैर, यहाँ वाले आपसे भी तो ख़ुश नहीं हैं।" मैंने ज़रा और कुरेदने के लिए कहा।

"मैं तो कभी उसकी चिन्ता ही नहीं करती!" वे उद्धत स्वर में बोलीं, "अपने बारे में वह सब मैं भी सुन चुकी हूँ। यह शोर तो उन दिनों सुनते जब मैं आई-आई थी। यहाँ तो लोग रेडियो भी सुनते हैं तो कमरा बन्द करके ताकि बाहरवाला कोई न सुन ले। मैंने पूरा गला फाड़कर गाना शुरू कर दिया तो बड़ी चर्चा! कोई कहता—मैनर्स नहीं आते; कोई कहता—भले आदमियों में नहीं रही; किसी के हिसाब से मुझे कपड़े पहनने का सलीक़ा नहीं था; साड़ी कहीं जाती थी, पल्ला कहीं; और किसी के लिए मैं ग्रामोफ़ोन थी, किसी के लिए रेडियोग्राम। चलने-फिरने की तमीज़ नहीं है। फ़्लर्ट है, फ़िल्म-एक्ट्रेस है! मेजर तेजपाल जाने किस गानेवाली को पकड़ लाए हैं! और तो और, एक दिन मैंने अपने बारे में यह सुना कि मैं किसी 'बार' में नाचा-गाया करती थी और वहीं मैंने मेजर तेजपाल को फाँस लिया; तो बड़ी हँसी आई। ऐसे रिमार्क सुनना तो अब आदत बन गई। मैं भी कहती हूँ, कुढ़ो! जितना कुढ़ती हो, मैं उतना ही कुढ़ाऊँगी। मेरा क्या जाता है? और अब हालत यह है कि किसी दिन अगर ऊपर सन्नाटा रहे तो मिसेज़ मक्रीजा का अर्दली आकर पूछता है—मिसेज़ तेजपाल की तबीयत तो ठीक है, मेम साब ने पूछा है।"

"लेकिन ये सब चीज़ें तो चलती ही रहती हैं। कोई चाहे तो अपना शौक़ चलाए रख सकता है।" मैंने कोमल सान्त्वना के शब्दों में कहा।

"जी हाँ, चलाए रख सकता है।" उन्होंने मुँह बिचका दिया, "पहले हमारे यहाँ एक लड़का आया करता था। वह भी भाई का क्लासफेलो था और फिर बाद में कुछ दिनों हम लोग एक जगह साथ-साथ भी रहे। ऐसा अच्छा वायलिन बजाता था कि क्या बताऊँ! मन होता था कि बस, बैठे-बैठे उसका वायलिन सुनते रहो। वह फोर्ट के भीतर ही बैचलर्स-क्वार्टर्स में रहता था और अक्सर आ जाया करता था। मैं कोई भी काम करती तो मुझे ऐसा लगता, जैसे कहीं दूर वह वायलिन बजा रहा हो! और कन्धे और बाँह पर वॉयलिन थामकर डूबा-डूबा सिर, काँपती अँगुलियाँ और खिंचता गज़—सभी कुछ हर समय आँखों के आगे नाचा करता। मैं खाना खाती रहती और अचानक लगता, जैसे नीचे किसी के फ़्लैट में वह वायलिन बजा रहा है। मैं चौंककर रुक जाती। ये पूछते—क्या हुआ? मेरे मुँह से निकल जाता—यह कैसी आवाज़ है? ये बोलते—कुछ भी नहीं, पानी सनसना रहा है किचन में, या ऊपर पानी की टंकी भरने की मशीन चल रही है। मैं झेंपकर चुप हो जाती। कभी-कभी तो सोते-सोते चौंककर जाग उठती..."

"फिर?"

"फिर क्या? उन दिनों जो-जो कुछ सुनने को मिला, उसे भूल सकती हूँ? उसी को लेकर इनकी उससे कुछ अनबन हो गई। बाद में उसका ट्रांसफर हो गया..." पता नहीं, यह मेरा भ्रम था कि मुझे लगा, जैसे उनका गला रुँध आया है। हम लोगों के ब्लॉक अब शुरू हो गए थे। हमारा ब्लॉक अभी आड़ में पड़ता था। वे बोलीं, "अब मैं आपके साथ चल रही हूँ। किसी ने देखा होगा तो कल ही सुन लीजिए, क्या-क्या उड़ाएगा। उड़ाए, मुझे किसी की चिन्ता नहीं..."

"मिसेज़ तेजपाल, मैं आपके बारे में इतनी बातें नहीं जानता था।" गहरी साँस लेकर मैंने उनसे कहा। मुझे उन पर तरस आने लगा और समय-समय पर आनेवाली झुँझलाहट पर खेद हुआ।

हठात वे खिलखिलाकर हँस पड़ीं, "अरे, आप तो भावुक हो उठे। ये तो रोज़ होनेवाली बातें हैं। मैंने कुछ ऐसी-वैसी बात कह दी हो तो बुरा मत मानिए। मैं बड़ी सनकी हूँ। जो भी धुन आ जाए, बस, अकेले-अकेले ही बोले जाती हूँ। कोई गाना सुबह-सुबह ज़बान पर चढ़ जाए, बस समझ लीजिए, उसे गा-गाकर ढेर कर दूँगी।" फिर जाने क्यों रूमाल से आँखें और मुँह पोंछकर बोलीं, "और क़ायदे से मुझे आपसे माफ़ी-वाफ़ी माँगनी भी नहीं चाहिए। जैसे आप बीनू के लिए, वैसे ही मेरे लिए..."

"नहीं...नहीं, ऐसी कोई बात नहीं..." मैंने जल्दी से कहा।

और अब हम लोग सीढ़ियाँ चढ़ रहे थे तो उन्होंने कई बार मेरी ओर सिर मोड़ते हुए बालों को झटका और आत्मीयता और झेंप की गंगा-जमुनी मुस्कराहट उनके गालों के भँवरों में वर्तुलाकार थिरक उठी। जब किटी उन्हें खींचती ऊपर ले गई तो मैं सोचता रहा, कितनी स्मार्ट हैं ये...जाने क्यों दिल के भीतर एक गहरी साँस निकल गई। ऊपर मोड़ से उन्होंने हाथ हिलाया—'टा-टा...।'

टाटा! आज सड़क पर यों ही चहलक़दमी करते हुए एक-एक चित्र मेरे सामने उभर-उभरकर आ रहा था। फिर तो किटी को घुमाते, आते-जाते, सीढ़ियाँ चढ़ते या बीनू के यहाँ से बिदा लेते समय वे बड़े दोस्ताना ढंग से हाथ उठाकर टा-टा करतीं, ठीक जैसे बच्चे करते हैं और एकाध बार जब वे गुड्डी के साथ थीं तो उन्होंने टा-टा करने के बाद अँगुलियों को भी होंठों से लगा लिया था। जाने किन गहराइयों के कुनकुने पानी में मुझे डुबाकर निकाल लिया था कि उन्हें देखते ही एक अजीब स्फूर्ति और करुण सहानुभूति के भाव साथ-साथ मुझे छा लेते थे। और रात को मैं देर तक उनके बारे में सोचा करता था। वे किस समय कहाँ हैं, इसकी ख़बर रखता था। एकाध बार रणधीर ने मज़ाक़ में कहा, "आजकल हमारे दाने से बड़ी दोस्ती हो रही है, डिप्टी गॉड की...बड़ा ख़तरनाक खेल है। मेजर तेजपाल गोली मार देगा, याद रखना।"

बीनू उसे डपट देती, "आपके दिमाग़ में तो हमेशा बस ये ही बातें आती हैं। दूसरों पर कीचड़ उछालते हैं, कुछ अपनी कहिए न?"

हजामत बनाना छोड़कर रणधीर कहता, "अपना भाई चाहे क़तल कर आए, लेकिन तुम उसकी तरफ़दारी ज़रूर करना।" फिर ज़बरदस्ती संजीदा मुँह बनाकर कहता, "देखो भाई, समझाना हमारा काम है। बाक़ी तुम जानो... यों डिप्टी गॉड को हम क्या खाकर समझाएँगे!"

मुझे नहीं मालूम, मैं उन दिनों ख़तरनाक खेल खेल रहा था या नहीं; लेकिन यह सच है कि जब-जब मैं उन्हें देखता, तेजपाल की सूरत आँखों के आगे आ खड़ी होती। टाइप करते-करते कभी बालों को झटकारता मिसेज़ तेजपाल का चेहरा आ जाता तो कभी मेजर तेजपाल का बड़ी-बड़ी मूँछोंवाला। इस बात को दिल के भीतर मैं भी जानता था कि वे उन लोगों में से हैं जो गोली मार सकते हैं...और जब उसके बाद पिकनिकवाली घटना हो गई तब तो यह बात और भी साफ़ हो गई। मैं कसमसाकर रह गया...

रणधीर ने झुँझलाकर मुझसे कहा, "बुलाओ न उन्हें, क्या हो रहा है?" फिर तेजपाल की ओर देखकर बोला, "इन लेडीज़ का निकलना भी बस..."

बीनू मिसेज़ तेजपाल को लाने गई तो वहीं की हो रही। पिकअप आ गई थी और अर्दली पिकनिक का सारा सामान रख चुके थे। दो बार हॉर्न भी दिया। रणधीर, तेजपाल और रुद्रा नीचे खड़े हो गए थे। मिसेज़ रुद्रा और उनकी गुड्डी पहले ही पिकअप में चढ़कर बैठ गई थीं। गुड्डी लाल पतलून पहने पिकअप की रेलिंग पर झूलती सामने के दूसरे तल्ले के फ़्लैट से झाँकते शेखर से बातें कर रही थी, पीछे से मिसेज़ रुद्रा ने उसे पकड़ लिया था। ऊपर जाते हुए मैंने देखा, तेजपाल एक ख़ाली सिगरेट के डिब्बे को ठोकर मारते हुए कुछ कह रहे थे।

"बीनू!" मैंने पुकारते हुए तेजपाल के फ़्लैट में क़दम रखा। बैरा पिकअप पर सामान ले जा रहा था, इसलिए दरवाज़ा खुला था। मैं ड्राइंगरूम में झाँकता

हुआ सीधा बग़लवाले कमरे में 'मिसेज़ तेजपाल, आप भी तैयार होने में...' कहता हुआ जा पहुँचा।

मेरी बात आधी रह गई।

"भीतर तो आ।" बीनू खिलखिलाने के बीच में रुककर बोली। और जैसे ही मैंने पर्दा उठाया कि पहली बार तो स्तब्ध रह गया, फिर सहसा गला फाड़कर हँस पड़ा।

बीनू पलँग पर बैठी बुरी तरह हँस रही थी और ड्रेसिंग-टेबल के सामने मिसेज़ तेजपाल पैंट और शर्ट-ब्लाउज़ में खड़ी हुई झुकी-झुकी होंठों पर लिपिस्टिक लगा रही थीं, "हल्लोऽऽ!" वे निहायत ही बेतकल्लुफ़ी से शीशे में यों ही व्यस्ततापूर्वक अपना चेहरा देखती बोलीं।

"यह क्या तमाशा है? नीचे वे लोग शोर मचा रहे हैं और..." मैंने प्रशंसात्मक दृष्टि से मिसेज़ तेजपाल को देखा और बनावटी झुँझलाहट से कहा। इन कपड़ों में भी वे बड़ी आकर्षक लग रही थीं। लगता था, जैसे मैंने इन कपड़ों के सिवाय उन्हें कभी और कपड़ों में देखा ही नहीं है।

"चलते हैं भाई, यहाँ हमारी जान मत खाओ।" वे इत्मीनान से शीशे में देखकर बिन्दी लगाती रहीं। फिर ख़ुद ही जैसे अपने पर रीझ गईं। "ये हार्न नीचे से तो बज ही रहा था ऊपर भी आ गया।" उन्होंने मिलिटरी अफ़सरों की टोपी लगा ली। बिन्दी के साथ बड़ा अजीब मेल था। पीछे बाल निकल आए थे।

"लेकिन, आख़िर यह सब तमाशा क्या है? चलते-चलते मूड ख़राब करेंगी?" मैंने देखा, नये कपड़ों की चढ़ती झेंप से उनका चेहरा झलझला आया था। पूछा, "यों चलेंगी?"

"क्यों? अच्छी नहीं लगती क्या?" उन्होंने सीधे मेरी ओर मुँह करके पूछा—"हमारे स्लैक्स पसन्द नहीं आए?"

"बिलकुल वैकाई लगती हैं आप!"

"बस!" वे बनावटी निराशा से बोलीं, "सिर्फ़ वैकाई! कम-से-कम यह तो कहा होता कि ऑड्रे हैबर्न लगती हूँ।"

"ऑड्रे हैबर्न!" मैंने चिढ़ाया, "लोगों को भी अपने बारे में बड़े-बड़े भ्रम होते हैं। बेचारे हॉलीवुडवालों को पता नहीं था वर्ना 'भवानी जंक्शन' में क्यों आवा गार्डनर को परेशान करते?"

"लगती तो वाकई बहुत अच्छी हैं।" नीचे फिर हॉर्न सुना तो लाचारी और झुँझलाहट से बोला, "अच्छा साहब, जैसे चलना हो चलिए, पर निकलिए तो सही!"

"थैंक्यू!" उन्होंने बाद वाली बात ही नहीं सुनी।

बीनू ने बताया, "असल में कल ये कहीं मेजर तेजपाल के साथ मैदान से लौट रही थीं। रास्ते में कुछ यूरोपियन औरतें ज़ीन और फ्लाइंग-शर्ट पहने गोल्फ खेलने जा रही होंगी। उन्हें देखकर मेजर तेजपाल बोले, 'देखो, ये औरतें कैसी बेशर्म लगती हैं! अगर बीच से कमर इन्होंने न कस रखी होती तो चाल में जनाना नख़रा और मटक न होती तो पीछे से लड़के और लड़की में फ़र्क़ करना मुश्किल हो जाता।' ये बोलीं, 'इसमें बेशर्मी की क्या बात है! ये तो अपने-अपने कपड़े हैं। ऐसी खुली रहती हैं, तभी तो ऐसी स्वस्थ हैं।' और बस, तभी से मेरे पीछे लगी थीं कि मैं ज़रा ज़ीन पहनकर देखूँगी। अब वह नहीं तो पैंट ही सही।"

"मज़ाक़ नहीं, आप जो कुछ भी पहन लें, उसी में अच्छी लगती हैं।" बिन्दी और होंठों की लाली के साथ टोपी सचमुच कितनी अच्छी लग रही थी कि अगर बीनू न होती तो परिणाम की चिन्ता किये बिना मैं उनकी ठोड़ी अपनी ओर घुमाकर ज़रूर कुछ क्षण एकटक देखता रहता, तब उनकी पलकें किसी प्रकार झेंपकर नीचे झुकी रहतीं, इस कल्पना ने मन को एक अद्भुत रोमांच से भर दिया।

लाली, पाउडर, रूज़ इत्यादि का प्रयोग करनेवाली औरतों की प्रदर्शन-प्रवृत्ति को मैंने कभी अच्छी निगाह से नहीं देखा, लेकिन इनके बारे में कुछ भी बुरा सोचने को मन नहीं करता था।

"अच्छा, मिसेज़ तेजपाल, अब चलिए, नहीं तो वाकई ये लोग नाराज़ हो जाएँगे।"

वे फिर कपड़े बदलने चली गईं। उन्हें गुड्डी के साथ देखकर जो बात बाद में मेरे मन में आई थी कि वे बड़ी गुड्डी हैं, इस समय भी वही बात शब्दहीन रूप से प्रत्याभासित हुई।

"क्या हुआ?" रणधीर ने शायद इसलिए झल्लाकर पूछा कि कहीं तेजपाल ज़ोर से न भड़क उठें।

"आ रही हैं। अलमारी की चाबी कहीं रख दी थी।" मैं डर रहा था कि इन लोगों के नीचे आते ही तेजपाल ज़ोर से दहाड़ेंगे।

तभी देखा, सारी सीढ़ियों को सैंडिलों की खटर-पटर से गुँजाती हुई, हँसती-खिलखिलाती दोनों उतर रही थीं। सीढ़ियों की काँचवाली खिड़की से देखा—मिसेज़ तेजपाल दो-तीन रंग-बिरंगे गुब्बारे लिये हुए थीं। आसमानी नाइलोन की साड़ी और ब्लाउज़ पहने थीं। उसे पहनने में लाभ क्या है, यह मेरी समझ में अभी तक नहीं आया। साटन का पेटीकोट और ब्रेसरी अनेक पटलियों और तहों के बावजूद ज्यों की त्यों दिखाई दे रही थी। मिसेज़ तेजपाल के इस रूप को देखकर हम सभी को धक्का लगा और जैसे सभी ने नज़रें चुरा लीं। बोला कोई कुछ नहीं। छिपी नज़रों से देखा तो लगा, तेजपाल कुछ बोलते-बोलते रुक गए। उनके कान एक बार लाल हुए और वे निचला होंठ दबाकर रह गए। शान्त स्वर में बोले, "किटी के लिए बोल दिया है बैरा से?"

"जी।" वे बोलीं और गुड्डी के पास आकर उससे बातें करते हुए दोनों गुब्बारे उसे दे दिये तो वह किलक उठी। पिकअप का पिछला हिस्सा पकड़कर वे व्यस्तता से चढ़ने लगीं तो उनकी पिंडली घुटनों तक खुल गई। सभी उनको प्रशंसा-मुग्ध के साथ-साथ घृणा-भरी छिपी-छिपी निगाहों से देख रहे हैं, इस बात के प्रति वे एकदम लापरवाह थीं। और कोई समय होता तो मैं भी शायद उन्हें यों ही देखता लेकिन उनके इस रूप से शर्म मुझे लग रही थी। सीट पर बैठते ही उन्होंने फिर बाल झटके और गुड्डी को दोनों बाँहों में भींचकर बोलीं, "आंटी की गोद में नहीं बैठेगी? देखो, हमने तुम्हें गुब्बारे दिये हैं।"

सब लोग बैठ गए तो ड्राइवर ने पल्ला चढ़ा दिया। बैरा सामने ड्राइवर की बग़ल में बैठ गया। गाड़ी गेट से निकलकर हावड़ा की तरफ़ दौड़ चली। हम लोग आमने-सामने बैठे थे। महिलाएँ सब एक सीट पर थीं। उनके कान के आसमानी शेडवाले बड़े-से नग को गुड्डी मुग्धभाव से छूती हुई घुसुर-घुसुर जाने क्या-क्या बातें कर रही थी और उसके दोनों गुब्बारे इधर-उधर इस तरह उड़ रहे थे कि वह नन्हीं परी जैसी लगती थी। शायद सुन्दरता के प्रति बच्चे भी काफ़ी प्रबुद्ध होते हैं। आश्चर्य मुझे इस बात का था कि तेजपाल ने देरी को लेकर कुछ भी नहीं कहा। जिस ढंग से वे सिगरेट के ख़ाली डिब्बे को ठोकर मार रहे थे, उससे तो ऐसा लगता था कि वे उन्हें देखते ही बुरी तरह फुफकार उठेंगे।...इस समय वे अपने घुटनों की क्रीज़ उठा-उठाकर ठीक कर रहे थे। रणधीर ने कार्डराय की गहरी कत्थई पतलून और खुले कॉलर की सफ़ेद कमीज़ पहन रखी थी और उसका कॉलर बार-बार उड़कर कनपटी पर बज रहा था। गाड़ी तेज़ चलने लगी थी और मिसेज़ तेजपाल को बार-बार अपने कानों पर अँगुलियाँ फेरकर बाल ठीक करने पड़ते थे। मिसेज़ रुद्रा छाती के ऊपर गर्दन तक पूरा पंजा फैलाकर उड़ती सलेटी बंगलौरी साड़ी को दबाए थीं। बीनू ने सलवार के साथ का दुपट्टा सिर पर घुमाकर दाँतों से दबा लिया था। वहाँ तो बीनू में कोई ऐसी बात नहीं दिखाई दी थी; लेकिन अब लगता था, मिसेज़ तेजपाल की ओर उपेक्षा का भाव धारण करने में दोनों महिलाओं ने मूक समझौता कर लिया था।

"मेजर अइयर से नहीं कहा?" रुद्रा ने कनपटी पर लहरें पैदा करते हुए जेब से इलाइची निकालकर फैली हथेली पर सबको ऑफ़र की। पहले महिलाओं को फिर पुरुषों को। मिसेज़ तेजपाल ने मुस्कराकर थैंक्स कहा और मना कर दिया। उन्होंने पर्स से निकाल-निकालकर सबको टॉफियाँ दीं और बाहर ऐसी व्यस्तता से देखने लगीं, जैसे कोई बहुत ही ज़रूरी काम कर रही हों!

"कहा था, लेकिन आज अपने डांस-टीचर को बुलाया था उन्होंने।" रणधीर ने बताया।

"वॉट! डांस-टीचर?" दाँतों से दबाकर इलाइची के दाने छीलते हुए तेजपाल ने माथा सिकोड़कर पूछा, "तभी आजकल उसके फ़्लैट से तबला-वबला बहुत सुनाई देता है।"

"तबला नहीं, मृदंगम्।" रुद्रा ने अपने उसी मज़ाक़िया चेहरे से कहा, "तुम्हें नहीं मालूम, आजकल मेम और साहब दोनों को डांस सीखने का बड़ा शौक़ लगा है, जब देखो तब नाचते रहते हैं।"

"हुँह, इन साउथ-इंडियंस का भी दिमाग़ ख़राब होता है।" सिर झटककर तेजपाल बोले, "परेड करना छोड़कर अब उदयशंकर बनने की धुन लगी है!"

"उदयशंकर बनने की क्या है जी, अपनी-अपनी हॉबी है।" गुड्डी के कान में 'कू' करना छोड़कर एकदम मिसेज़ तेजपाल बोल पड़ीं, "अगर अंग्रेज़ी डांस की प्रैक्टिस करना बुरा नहीं है तो अपने डांस की प्रैक्टिस करना क्या बुरा है? ये तो अपनी-अपनी हॉबी है।"

"आई सेड, डैम हॉबी," तेजपाल ने हाथ झटके, "ये औरतों की तरह हाथ-पाँव मटकाना अच्छी हॉबी है! अरे, कोई और काम नहीं हो तो टेबल टेनिस खेलो। सच बात है, इनका खाना, रहना-सहना कभी मेरी समझ में नहीं आया। हाउ दीज़ पीपुल लिव! उस दिन हमें लंच पर बुलाया, रसं...भातं—जाने क्या-क्या लाकर रख दिया। मेरी तो सारी भूख देखते ही हवा हो गई। आई सेड, यार, तुम हमें एगपोच और दो स्लाइस मँगा दो, यह सब हमसे नहीं चलेगा। ये तो बैठी-बैठी शौक़ से खाती रहीं। उनको कुछ दे दीजिए, आप सब खा जाती हैं।"

"मान लीजिए, अच्छा न भी लगे, लेकिन होस्ट के मुँह पर यह सब कहा जाता है?" मिसेज़ तेजपाल ने मानो तड़पकर कहा, "बेचारों ने इतने शौक़ से तो तैयारी की..."

यों मैं बहुत प्रसन्न नहीं था; लेकिन न जाने मुझे उनका यह पक्ष लेना और अपनी पतली कलाई उठा-उठाकर ज़ोर देकर बात कहना, सब कुछ बड़ा बनावटी-सा लगा। मुझे कभी-कभी स्वयं आश्चर्य होता है कि कैसे इस

दिखावटी स्त्री के प्रति मेरा दिल इतनी हमदर्दी से भर गया था और कैसा इसका वह सम्मोहन था कि उस संध्या के बाद मैं जाने-अनजाने, हर क्षण उसी के बारे में सोचा करता था। शायद उस दिन की छाप मन की तहों में कुछ ऐसी गहरी समा गई थी कि मुझे लगता, गुलाबी सर्दी की दोपहर में मैं मिसेज़ तेजपाल के साथ लेक की किसी एकान्त बेंच पर बैठा हूँ और सामने नाव चलाना सीखनेवाले अपने सफ़ेद बनियान-जाँघिए की ड्रेस में पतली-सी नाव पर तीर की तरह गुज़र जाते हैं। एक साथ चप्पू कांतर के पाँवों की तरह उठते हैं और हथेली में पानी उछालते आगे झपट पड़ते हैं—बाँहों की मछलियाँ तड़त-तड़पकर रह जाती हैं। धूप में चिलकते पानी से मिसेज़ तेजपाल की आँखें चौंधिया रही हैं, इसलिए उन्होंने भौंहों पर हाथ लगाकर आड़ कर ली और हम लोग चुपचाप बैठे हैं। कभी लगता, पहाड़ पर घाटी के किनारे बने बरामदे में खिड़की के बन्द शीशों के पास हम लोग बैठे-बैठे चाय पी रहे हैं और वे जाने क्या-क्या लगातार बोले चली जा रही हैं। सारी घाटी गहरे-घने सुरमई कोहरे से छाई हुई है और शीशों को छू-छूकर वह कुहरा बूँद-बूँद में पिघल उठनेवाली भाप की तरह जम गया है, बड़ा अजीब अवास्तविक-सा वातावरण है। और भी इसी तरह की जाने कितनी तसवीरें थीं जो उन दिनों हर समय नाचा करती थीं। मैं जानता था कि वे तसवीरें सच नहीं हैं; लेकिन उन सपनों को मैंने इतनी बार मन में दुहरा-दुहराकर बसा लिया था कि लगता था कि वे सब बीती हुई सच घटनाओं का पुनरावलोकन ही हैं। जाने कितने प्रश्न थे जिनको मैं मन-ही-मन उनसे पूछता, उनके उत्तर की कल्पना करता और प्रतिक्रिया का प्रभाव ग्रहण करता...

इस समय मिसेज़ रुद्रा की टेढ़ी-मेढ़ी, शायद हल्की घृणा से भरी निगाहों को, जिनसे एक साथ वे पुरुषों की मिसेज़ तेजपाल के प्रति भावनाओं को भी तौल रही थीं, देख-देखकर स्वयं आश्चर्य होता था कि क्या सचमुच मैंने वे सारी बातें इन्हें ही लेकर सोची थीं। उनका सारा पल्ला बाँह पर पड़ा था। कोई मज़ाक़ की बात कहने के लिए रुद्रा की बटरफ़्लाई मूँछें बार-बार फड़ककर रह

जाती थीं। वे बोले, "ख़ैर, मिसेज़ तेजपाल, आपको क्या है? आप तो भारतीय हैं नहीं, आपका भरत-नाट्यम से क्या लेना-देना? आप चाहें तो थोड़ी-बहुत मनीपुरी की तारीफ़ कीजिए। और इस वक़्त तो सबसे बड़ी बात यह है कि हम लोग ग्रामोफ़ोन जान-बूझकर नहीं लाए हैं।"

और फिर सब लोग हँस पड़े। उनके गालों के गड्ढे गहरे हुए और वे गुड्डी की कलाइयों को अपने हाथ में लेकर उसकी नन्ही-नन्ही हथेलियों से ताली बजाती हुई बोलीं, "आप कुछ कहिए, हमारी गुड्डी कहेगी तभी गाएँगे। है न गुड्डी? देख गुड्डी, वो पुल..."

हुगली के दोनों किनारों पर पाँव रखे सामने पुल खड़ा था। इस बात को हम भी जानते थे कि गुड्डी को खिलाने के बहाने वे जान-बूझकर अपने कपड़े अस्त-व्यस्त हो जाने देती हैं। जब वे बाहर की ओर मुड़कर गुड्डी को कोई चीज़ दिखातीं तो उनकी बीच की नाली के दोनों ओर उभरी केले के नये चौड़े पत्ते-सी पीठ एक अजीब आकर्षक मरोड़ खाकर हमारी ओर आ जाती और उस समय मेजर तेजपाल दाँतों से नाख़ून कुतरते हुए बाहर देखने लगते। बड़ी बेचैनी हम सभी लोग महसूस करते...अचानक अब वे वहीं धीरे-धीरे गुड्डी को गाना सुनाने लगी थीं।

उनकी इस 'बेशर्मी' को महिलाओं ने किस रूप में लिया, यह बीनू से सुनने को मिला; थोड़ी देर बाद।

सारी महिलाओं ने जब एक स्वर से ब्रिज की ख़िलाफ़त की तो झुँझलाकर तेजपाल और रुद्रा शतरंज खेलने बैठ गए। आज पिकनिक का विशेष कार्यक्रम यह था कि रणधीर छोटी बन्दूक़ से महिलाओं को निशाना लगाना सिखाएगा। सभी जानते थे कि अगर ये लोग ब्रिज पर बैठ गए तो शाम तक न तो खाने का नम्बर आएगा न निशानेबाज़ी का। बीनू ने रणधीर को पहले ही पक्का कर लिया था। यही सोचकर रणधीर ने भी ख़ास उत्साह नहीं दिखाया। वहीं पास ही ईंटों का सफ़री चूल्हा बना लेने के बाद गोमेज़ चूल्हा और स्टोव साथ-

साथ जलाकर अपनी दुकान फैलाकर बैठ गया। तेजपाल सीधी टाँगें फैलाए अधलेटे थे और दोनों हाथों में फ़्लास्क उठाए गए-गट पानी पी रहे थे। और रुद्रा उभरती ख़ुशी को अँगुली से मूँछों के ऊपर खुजाकर छिपाए हुए थे। इससे साफ़ था कि बाज़ी कड़ी पड़ गई है।

इसके बाद वह घटना हो गई कि सारी पिकनिक ने दूसरा ही रूप धारण कर लिया।

हम सब लोग वहाँ से हटकर ऐसी जगह आ गए थे जहाँ सामने एक टूटी-फूटी बाउंड्री की मोटी-सी दीवार थी। बीच में घास बिछा छोटा-सा मैदान था, जो थोड़ी दूर जाकर एक ओर ढालू हो गया था। नीचे जहाँ यह ढलान ख़त्म होता था वहाँ से काफ़ी लम्बा-चौड़ा ताल था और उसके कई लदे किनारों पर घास-सिवार के बीच-बीच में छोटे-छोटे ढेर से कमल खिले थे! ताल के दूसरी ओर कुछ औरतें और बच्चे कमर-कमर पानी में डूबे, जाल मढ़े ढप जैसे लिये हुए मछलियाँ पकड़ रहे थे। उन्होंने छोटे-छोटे बर्तन या घड़े इधर-उधर तैरा दिये थे और पकड़ी हुई मछलियाँ उनमें डालते जाते थे। गुड्डी ने फूल लेने की ज़िद की तो मिसेज़ तेजपाल उसका हाथ पकड़कर उसे वहाँ भगा ले गई थीं। दोनों के हाथों में रंग-बिरंगे गुब्बारे थे और दोनों किनारे पर खड़ी बड़े मुग्ध-भाव से मछलियों का पकड़ना देखती रहीं। गुड्डी कुछ पूछ रही थी और वे बताती जाती थीं। ऐसा लगता था, जैसे गुड्डी का ही 'एनलार्ज्ड फ़ोटो' साथ खड़ा कर दिया गया हो।

निशानेबाज़ी की क्लास शुरू करने के लिए रणधीर ने किटबैग से टारगेट, गोलियों का डिब्बा और फीता निकाल लिया था। सबसे पहले उसे समझाना था बन्दूक़ के हिस्से और मशीन की बनावट। मूँगफली खाती हुई मिसेज़ रुद्रा और बीनू इधर-उधर उत्सुक विद्यार्थियों की तरह आकर बैठ गई थीं। मिसेज़ तेजपाल को बुलाना था, वर्ना उन्हें दुबारा समझाना पड़ेगा। बीनू ने दोनों हाथों का भोंपा-सा बनाकर पूरे दम से पुकारा, "मिसेज़ तेजपाल! गुड्डीऽऽ।" और इसी में उसके गले की सारी नसें उभर आईं। झेंप मिटाने को बोली,

"उनको तो गुड्डी ऐसी भा गई है जैसे दोनों न जाने कब की सहेली हों! जाने आपस में क्या-क्या बातें किया करती हैं!"

"गुड्डी भी तो उनके लिए जान छोड़ती है।" अपने बड़े-बड़े दाँतों को ढकने की चिन्ता किये बिना ही, खिलकर मिसेज़ रुद्रा बोलीं, "नीचे ज़रा-ज़रा सी देर बाद कहेगी—ममी, आंटी के यहाँ चलो। जहाँ मैंने कहा, वहाँ मेजर तेजपाल हैं, बस, वहीं सहमकर चुप। उनसे और किटी से अभी इसकी दोस्ती नहीं है।"

"हैं ही डरावने।" बीनू ने रणधीर की ओर सहमी निगाहों से देखते हुए मुस्कराकर कहा। वह टारगेट की झंडी हाथ में लिये लगातार तालाब की ओर देखे जा रहा था।

देखा, गुड्डी को दौड़ाती हुई मिसेज़ तेजपाल दौड़ी चली आ रही हैं। रणधीर मुग्ध आँखों से उधर देखता रहा। फिर जैसे अनायास ही उसके मुँह से निकला, "कुछ भी कहो, कमबख़्त का एक-एक अंग साँचे में ढला है!" इधर भागकर आते हुए उनकी साड़ी शरीर से चिपककर पीछे उड़ने लगी थी और एक विचित्र अतीन्द्रिय-स्पर्श उनके शरीर को दिये दे रही थी। पीछे उड़ती साड़ी से दोनों पाँवों, कमर, धड़—सबकी बनावट और गठन अधिक स्पष्ट रूप में इस तरह उभरकर धूप में दिखाई दे रही थे जैसे खिले गुलाब की क्यारियों पर कुहरे का झीना नीला-नीला जाला हिलोरें ले रहा हो। बात सबके मन में यही थी, लेकिन रणधीर ने उसे खुलकर शब्द दे दिये थे, "हिरनी की तरह कुलाँचें भरती घूमती है!"

अगले ही क्षण मिसेज़ रुद्रा की निगाह बीनू के खिसियाए चेहरे पर जा पड़ी। वे बोलीं, "कुछ कहिए मेजर धीर, बुरी तो बीनू भी नहीं है। यह तो बेशर्मी है। ऐसे कपड़े पहनने से फ़ायदा ही आख़िर क्या है?"

तब शायद रणधीर को ध्यान आया कि उन्होंने मिसेज़ रुद्रा और बीनू के सामने ऐसी बात कह दी है जो शायद अनुचित और अशिष्ट है। वह अपनी सकपकाहट सँभालता प्यार से बीनू के कन्धे पर हाथ रखकर बोला, "हमारी बीनू लाखों में एक है।"

"हटाइए हाथ।" बीनू ने लज्जा और अपमान से उसका हाथ झटक दिया; जैसे घुटकर बोली, "घर की मुर्गी दाल बराबर। इधर-उधर न ताकें तो आदमी ही किस बात के!" उसकी आँखें छलछला आईं।

हालाँकि बीनू को मैंने डाँटा, "बीनू, ये क्या बेवकूफ़ी है? मज़ाक़ भी नहीं समझती?" लेकिन उसकी बात मुझे भीतर छू गई। उसकी बात में मिसेज़ रुद्रा जैसी न तो सालती ईर्ष्या थी, न आक्षेप। आत्महीनता की एक ऐसी घुटती कचोट थी जो मेरे मन को चीरती चली गई। मिसेज़ तेजपाल की 'लापरवाह स्वच्छन्दता' ने दोनों महिलाओं को कितने भीतर तक मथ डाला है, इसका अहसास मुझे उस क्षण हुआ तो बड़ी दया आई। पता नहीं, यह मेरे मन का पक्षपात था या कमज़ोरी; मुझे उन पर कतई क्रोध नहीं आ रहा था और साथ ही रणधीर का ढीलापन भी अच्छा नहीं लग रहा था।

कभी वे दौड़ने में आगे निकल आतीं तो चाल धीमी करके गुड्डी को बराबर आ जाने देतीं। गुड्डी के पाँव आड़े-तिरछे पड़ रहे थे। अँगुली पकड़ाए वह लुढ़कती-सी दौड़ी आ रही थी। जाने क्यों मुझे लगा—किटी के साथ मिसेज़ तेजपाल का दौड़ना और यह गुड्डी के साथ दौड़ना कहीं किसी एक अदृश्य-सूत्र से अन्तर्ग्रथित है। यों देखने में यह दृश्य ठीक उल्टा था। किटी उन्हें इस तरह खींचकर जहाँ चाहे ले जा सकती थी जैसे वे सिर्फ़ उसकी इच्छा से चल रही हों और यहाँ वह गुड्डी के साथ बच्ची बनी उसके साथ चली आ रही थीं। उस समय मैंने नहीं सोचा था कि यह दृश्य मन में इतनी गहराई से अंकित हो जाएगा और मिसेज़ तेजपाल के नाम के साथ यही चित्र उभरा करेगा। या उनके सारे चरित्र को एक नया अर्थ दे देगा।

"ममी, आंटी ने हमें दौड़ाया।" गुड्डीं अपनी माँ से जा चिपकी। "ये फूल दिये।" उसके एक हाथ में दो-तीन फूल थे। पता लगा कि उन लड़कों से गुब्बारों के बदले यह सौदा स्वयं गुड्डी ने किया था। वह हाँफ रही थी।

"हम तो तुम्हारे लिए कमल-गट्टे तुड़वा रहे थे। बुलवा क्यों लिया हमें?" हाँफती हुई मिसेज़ तेजपाल आसमान से उतरी परी की तरह एक हाथ से बाल

सँवारती सामने खड़ी थीं। आँखें झपकाकर मैंने देखा और देर तक मन-ही-मन सोचता रहा—सचमुच, कैसे कोई इन पर क्रोध कर सकता है?

"आइए, पहले यह काम ख़त्म कर लें। फिर वे लोग खाने को बुलाएँगे।" रणधीर को बात शायद चुभ गई थी। अपराधी की तरह आँखें नीचे किये वह रूमाल से बन्दूक़ का 'बट' (पीछे का हिस्सा) साफ़ करता रहा।

इसके बाद अपने चारों ओर हमें बैठाकर जितनी देर रणधीर ने बन्दूक़ के पुर्ज़ों, बन्दूक़ चलाने के क़ायदों के बारे में समझाया, शायद ही उन्होंने आँख उठाकर देखा हो। फीते से दूरी नापकर टारगेट फ़्लैग गाड़े गए। ग़लती से कोई आने-जानेवाला उधर से न आ निकले, इसलिए एक आदमी को दीवार के पीछे भेजना था। "मैं जाऊँगी। आओ गुड्डी, हम चलें।" मिसेज़ तेजपाल बोलीं तो गुड्डी फिर उनकी टाँगों से जा चिपकी। "ममी से टा-टा बोलो।" मुझे फिर अपने को विदा देती उनकी मूर्ति दिखाई दी।

"ममी, टा-टा!" गुड्डी ने कहा और वे दोनों लुढ़कती-पुढ़कती-सी सामने दौड़ चलीं—जैसे किसी विशाल रेतीले किनारे पर दूर चली जा रही हों!

"अरे मिसेज़ तेजपाल, इतना मत खिलाओ भाई। बाद में रोती है।" बड़े अनुनय-भरे स्वर में पीछे से मिसेज़ रुद्रा बोलीं। और जब बिलकुल लम्बे, दंडवत की मुद्रा में, लेकर कुहनियाँ धरती पर और बट कन्धे पर टिकाकर रणधीर ने निशाना लेना दिखाने के लिए कहा—'रेडी' तो दीवार के पीछे से लहराता-सा स्वर उठा, 'मेरा तन डोले, मेरा मन डोले, मेरे दिल का गया करार, यह कौन बजाए बाँसुरिया...'

हम लोग एक-दूसरे की ओर देखकर मुस्कराए। मुझसे फिर हँसे बिना नहीं रहा गया, "सचमुच बड़ी मस्त हैं।" तभी आँखों के आगे सहसा गोलियों का फूल कौंधा। किसी ने भीतर सुधारा, "मस्त नहीं, हिम्मतवाली!"

महिलाओं के लिए तो बन्दूक़ हाथ में लेकर निशाना साधना ही एक अभूतपूर्व रोमांचकारी अनुभव था। हरेक को तीन-तीन गोलियाँ चलानी थीं। मिसेज़ रुद्रा और बीनू की छह गोलियों में से मुश्किल से दो बाहरी वृत्त के कोने पर लगी

थीं; लेकिन दोनों ऐसे उल्लास से भरी काँप रही थीं मानो किसी बड़ी भारी दौड़ में सफल आई हों! मिसेज़ तेजपाल का नम्बर आया तो आवाज़ देकर उन्हें बुलाया गया। वे उसी अलमस्त और अल्हड़ चाल से टॉफी कुतरती आईं और नि:संकोच लेट गईं। गुड्डी को उधर ही छोड़ आई थीं। इस बार मिसेज़ रुद्रा के साथ 'मैं भी चलती हूँ' कहकर बीनू भी चली गई। रणधीर ने उनकी कुहनियों को ढंग से धरती पर टिकाया, बन्दूक़ दी, और निशाना साधने के लिए उनके सिर से सिर मिलाकर, उनके स्पर्श को अधिक-से-अधिक बचाते हुए उन पर झुक गया। बन्दूक़ उसने उनके पंजों के ऊपर से ख़ुद भी पकड़ ली थी। "देखिए, मिसेज़ तेजपाल, काँपिए मत। आप बहुत ज़्यादा 'एक्साइटेड' हो रही हैं।" एक आँख टारगेट पर टिकाकर रणधीर बोला। हालाँकि ख़ुद उसके नथुने फड़कने लगे थे। कान की लवें लाल हो आई थीं। फिर भी वह आश्चर्यजनक रूप से संयत दिखाई दे रहा था। इस दृश्य को देखना बड़ा दिलचस्प था। मेरे भीतर कहीं बहुत गहरे में इच्छा हुई, काश! मैं भी यों इन्हें गोली चलाना सिखा पाता! आश्चर्य की बात यह कि उस समय मैं यद्यपि काफ़ी पीछे था और रणधीर की ठोड़ी उनके सिर पर रखी-सी थी, लेकिन मुझे ऐसा लग रहा था, जैसे मेरी ठोड़ी वहाँ रखी है और उनके बालों की भीनी-भीनी गन्ध मेरे मस्तिष्क में समाई जा रही है और उनके नाइलोनी कपड़ों के सजीव पारदर्शी स्पर्श ने मुझे रोमांचित कर डाला है; उनके शरीर की गन्ध का जादू मेरे चारों ओर लहरा उठा है। मैं साँस रोके उस अनुपमेय अनुभूति को पीता रहा।

"मिसेज़ तेजपाल, आप बेकार देर लगा रही हैं।" मुझे सहसा रणधीर का झुँझलाया स्वर सुनाई दिया। देखा, रणधीर ने सिर घुमाकर एक उड़ती-सी नज़र उस ओर डाली जहाँ धरती के उठाव के पार पेड़ों की आड़ में तेजपाल और रुद्रा शतरंज खेल रहे थे।

"कैसे पकड़ें, बताइए न?" नाक के स्वर में वे बोलीं।

और जैसे ही अँगुली पर अपनी अँगुली रखकर रणधीर ने घोड़ा दबाया कि उन्होंने बन्दूक़-वन्दूक छोड़कर हथेलियाँ कानों पर रख लीं, "उई!" वे चीख़ उठीं।

'धायँ!' के साथ देखा—सामने एक तेरह-चौदह साल का लड़का हक्का-बक्का खड़ा है।

"हाय!" सबके मुँह खुले रह गए। अभी एक क्षण में गज़ब हो सकता था, यह सभी के सामने बिजली की तरह कौंध गया।

रणधीर झटके से उठ खड़ा हुआ और सामने अपनी बन्दूक़ एक ओर फेंक दी।

"यह क्या मिसेज़ तेजपाल? अभी गज़ब हो जाता न! आपको हर वक़्त बचपना...सारी पिकनिक रखी रह जाती।" दाँत पीसकर झुँझलाया वह आगे झपटा और सारा ग़ुस्सा उस लड़के पर उतार डाला। अन्धाधुन्ध तीन-चार झापड़ जड़ दिये, "यहाँ क्यों आया? आवाज़ देनी चाहिए थी। तुझे भेजा किसने यहाँ?"

लड़का ख़ुद भौचक्का होकर स्तब्ध-सा रह गया था। हकला-हकलाकर टूटे-फूटे स्वर में उसने कहा, "मेमसा'ब लोगों ने कहा, सा'ब को खाने को भेज दो।"

"कहाँ हैं मेमसा'ब? साले ख़ुद मर जाते और हमें मुसीबत में डाल जाते।" और उसकी कुहनी पकड़कर घसीटता रणधीर उसे दीवार के पीछे ले गया। मुड़कर मुझसे कहता गया, "गन और कार्टिजेज़ लेते आना।"

अभी-अभी अगर दुर्घटना हो गई होती? इस बात की कल्पना अधिक भयंकर रूपों में सामने आ रही थी। मिसेज़ तेजपाल पहले तो आँखें फाड़े बुद्धू की तरह रणधीर को देखती रहीं और फिर घुटनों में सिर गड़ाकर सिसकने लगीं। इस समय मुझे उन पर कोई दया नहीं थी—उनके ज़रा-से खिलवाड़ में एक जान जा सकती थी। लेकिन इस लड़के को भी आख़िर यहाँ आ मरने की क्या ज़रूरत थी? बीनू वग़ैरा ने आख़िर इसे वहाँ रोका क्यों नहीं? मैंने सहमते हाथों से बन्दूक़ इस तरह उठा ली जैसे इस सारे सम्भावित भयंकर कांड की ज़िम्मेदारी मेरे ऊपर हो, और कहीं मूल रूप से अपराधी मैं हूँ। बन्दूक़ से डर लगता था कि कहीं चल न जाए। आदमी ने अपने-आपको मारने के लिए भी कैसे-कैसे हथियार बना लिये हैं! सीसे की इंच-भर गोली और पिछला और अगला सारा इतिहास एक क्षण में समाप्त! कैसी आसानी से लोग पलक

मारते ही दूसरे का अस्तित्व समाप्त कर डालते हैं; कभी नहीं सोचते कि हर जीवन के साथ उनके अपने जीवन की तरह ही इतिहास, भावनाएँ, सम्पर्क और सम्बन्ध होते हैं। सब सामान उठाकर मैंने कहा, "ख़ैर, जो हुआ सो हुआ, मिसेज़ तेजपाल..."

वे कुछ नहीं बोलीं। उनके बाल उनकी बाँहों पर बिखरे रहे। सिर दो-एक बार काँपा।

"अब छोड़िए, लेकिन आपको ऐसा नहीं करना चाहिए था।" मैं उनके बिलकुल पास आ खड़ा हुआ। झुककर कुहनी पकड़कर उठाते हुए संकोच से बोला।

उन्होंने घुटे स्वर में रुँधे गले से कहा, "तुम चलो।" और सिर उठाकर कुछ ऐसी निरीह कातर निगाहों से देखा कि मैं उन्हें सँभलने को छोड़कर इस तरह चला आया, जैसे मैं ही किसी को मारकर आ रहा हूँ! धूप चुभने लगी थी। इस समय मुझे उनसे पहले जैसी कोई हमदर्दी नहीं थी। लेकिन मुझे लगा, जैसे यह षड्यंत्र बीनू और मिसेज़ रुद्रा का बनाया है।

देखा, मेजर तेजपाल और रुद्रा की शतरंज चालू थी। रुद्रा बार-बार बैठक बदल रहे थे और उनके जबड़े की हड्डी कनपटियों पर तेज़ी से चल रही थी। तेजपाल सिगरेट के टिन पर ताल दे रहे थे। बीनू और मिसेज़ रुद्रा स्नैप्स लेने में मशगूल थीं। गोमेज़ सबके घरों से आए टिफिन कैरियरों को खोल-खोलकर प्लेटें लगा रहा था। रणधीर लड़के का कान पकड़े खड़ा बुरी तरह उन्हें डाँट रहा था, "आप लोगों को वहाँ से आने की ज़रूरत क्या थी? कम-से-कम आवाज़ देकर आतीं। ज़ुबान तो थी। ज़रा-सी देर नहीं बैठा जाता था? अभी यह साला मर जाता तो? कोई काम कितना सीरियस है, तुम लोगों को कभी समझ में नहीं आएगा!"

लेकिन मैंने देखा, जैसे रणधीर का स्वर कहीं दब रहा था। बीनू थोड़े उद्धतभाव से गाल फुलाए कैमरा बन्द कर रही थी। पता चला, गोमेज़ ने बर्तन वग़ैरा धोने के लिए उस लड़के को यहीं से पकड़ लिया था। जब सब तैयार हो गया तो उनसे कह आने के लिए उसे भेजा कि 'सा'ब बुलाता है।' इन लोगों ने

सोचा कि ज़रा-सी देर में इधर कौन आता है, ये उठकर चली आईं। इस कमबख़्त को भी पहले वे ही मिलीं। उन्होंने लड़के से कहा कि यहाँ बैठ जाओ, जब तीन गोलियाँ चल जाएँ तो बुला लाना, दीवार के उस पार से सा'ब को। शायद बात उसने पूरी समझी नहीं, थोड़ी देर बैठा और फिर बुलाने को दौड़ पड़ा।

"ओए, की होंदा पेया यारा?" मस्ती में आकर तेजपाल बोले। उनका वज़ीर दुश्मन के व्यूह में घुस गया था और सफलतापूर्वक कई मुहरे मारकर ऊँट के ज़ोर में शह देने की तैयारी कर रहा था। वे शराबियों की तरह हाथ फैलाकर बोले, "मरा तो नहीं? अब छोड़ो, उन बेचारियों की जान क्यों आफ़त में किये हो? और अगर मर ही जाता तो कौन सारी दुनिया सूनी हो जाती।"

मैं बन्दूक़ इत्यादि वहीं रखकर बैठ गया और शतरंज देखने लगा। मन में खटक लग रही थी कि मैंने मिसेज़ तेजपाल को न लाकर ग़लती की। कम-से-कम एकाध बार और मुझे उनसे अनुरोध करना चाहिए था। वे बेचारी वहाँ बैठी रो रही हैं। रणधीर बोला, "बात मरने की नहीं है, यह तो इनकी लापरवाही की बात है। एक काम दिया सो वह भी ठीक से नहीं किया गया।"

"यार धीर, तू तो एक बात के पीछे पड़ जाता है। अब जो नहीं हुआ, उसे लेकर क्यों जान खाए जा रहा है?" तेजपाल झुंझला उठे, "हमने सैकड़ों मार दिये। कोई साला पूछनेवाला था?"

"लेकिन लड़ाई की बात और है न?" गम्भीर स्वर में रुद्रा ने हथेली पर धीरे-धीरे ठोड़ी ठोंक-ठोंककर कहा। उनकी कनपटियों की हड्डियाँ जिस तरह चलती थीं, उससे जाने क्यों ख़याल होता था कि उन्हें बुरी तरह शराब पीने की आदत है।

"लड़ाई में नहीं जी, एकाध तो यों ही निशाना देखने को ख़त्म कर दिया।" तेजपाल उत्साह से बोले। उनके चेहरे और आँखों में बड़े क्रूर क़िस्म की लपक चमक उठी थी। "जिन दिनों हम लोग चाँदमारी किया करते थे, उन्हीं दिनों की बात है। किसानों से हमने खेत ले रखे थे, उनके चारों तरफ़ अपने हिस्से में कँटीले तार खींचकर बाउंड्री बना ली थी।" वे मुझे सबसे अधिक दिलचस्पी लेते

हुए देखकर मुझे ही सुनाने लगे, "वह हमारी राइफलों का रेंज (सीमा) था। उनके भीतर आने की लोगों को मनाही थी, क्योंकि अगर उसके भीतर गोली लग जाती तो कोई ज़िम्मेदारी किसी की नहीं थी। यों ही एक दिन चाँदमारी कर रहे थे कि देखा, एक बुड्ढे की भेड़ें दूर कँटीले तारों में घुस आईं। अपने हाथ के डंडे से कँटीले तार उठाकर बुड्ढा भी उनके पीछे-पीछे उन्हें घेरता हुआ घुस आया। मैं देखता रहा, देखता रहा। जब भेड़ें हाँककर वह बाहर निकल गया और तारों में फँसे डंडे को निकालने लगा तो मेरे मन में आया, देखें तो सही, राइफल का रेंज उसके बाहर तक है भी या नहीं। आई सेड, लैट्स हैव फन। एक सचमुच की डमी ही सही। मैंने राइफल सीधी की और धायँ से निशाना दाग दिया।"

"फिर?" मेरा मुँह खुला रह गया।

"फिर क्या? साला टें बोल गया। गोली पसली के पार हो गई। ट्वेल्व बोर की गोली खाकर साँस ले सकता था कहीं? कद्दू की तरह लुढ़क गया।" वे अपने गाल फुलाकर दोनों हथेलियों को आपस में इस तरह मसलते रहे, जैसे पानी में हाथ धो रहे हों!

"फिर कुछ नहीं हुआ?"

"होता क्या? साले की टाँग खींचकर भीतर तारों में कर लिया। कह दिया, भीतर घुस आया था, और वहाँ पूछता कौन है?" रुद्रा ने चाल चल दी थी, अत: अत्यन्त इत्मीनान से तेजपाल अँगुलियाँ नचाते हुए अगली चाल तय कर रहे थे। बोले, "यार, सब दीख रहे हैं। हमारी बीवी नहीं दीख रही। किधर गई?"

"उधर बैठी अफ़सोस कर रही है।" रणधीर कड़वाहट से बोला।

जो आदमी सिर्फ़ मज़ाक़ के लिए किसी की जान ले सकता है, उसे मैं फटी-फटी आँखों से देखता रहा। जी बहुत ख़राब हो आया था और मन होता था कि पास पड़ी बन्दूक़ उठाकर मैं भी एक 'फन' देख लूँ कि उनके उठे-उठे बालों के गुच्छेवाले कान गोली लगने पर कैसे लगते हैं। बन्दूक़ का बट उनके टेंटुए पर रखकर दबाने की तड़पन भीतर मचल-मचलकर रह जाती थी। मैं बैठा-बैठा भुनता रहा लेकिन वे निहायत निरुद्विग्न भाव से खेलते रहे।

मुझे उनकी आँखों और नाक की जगह बन्दूक़ की गोलियाँ रखी दिखाई दीं। और लगा, जैसे चेहरा लाल फैल्ट का टुकड़ा हो...गोलियों का फूल...जिसमें सेकेंड की सूई पलीता लगाती गोल-गोल घूम रही हो...जिसके दोनों ओर पत्थर की आँखों वाले मुर्दा बारहसिंघे के सिर लगे हों।

"यार, उस कमबख़्त के नाज़ुक दिल के मारे हम परेशान हैं। जो बात नहीं हुई, अब उसके लिए घंटों रोएगी। इतना समझाता हूँ कि तू आख़िर मेजर की बीवी है। कुछ तो दिल कड़ा कर, लेकिन समझ में ही नहीं आता।"

मैंने देखा, उनका चेहरा आश्चर्यजनक रूप से कोमल हो उठा। वे हथेली टेककर उठे और फिर दोनों हथेलियाँ झाड़कर बोले, "भई, एक मिनट में आता हूँ। ज़रा धीर, देखना; ये मुहरे इधर-उधर न कर दें। है किधर वो?"

रणधीर ने अँगुली उठाकर इशारा कर दिया, और वे झूमते-झामते वर्दी खड़खड़ाते उधर चले गए। देखा तो थोड़ी देर बाद ही मिसेज़ तेजपाल की बाँह को अपनी बाँह में दाबे, वे उन्हें लिये चले आ रहे हैं; उनकी घड़ी का डायल धूप में चमक रहा है। रूठे बच्चे की तरह वे जैसे अनिच्छापूर्वक झेंप से मुस्कराती खिंची चली आ रही हैं, उनकी आँखें लाल थीं और वे बार-बार नाक सुड़क रही थीं। बिन्दी बिगड़ रही थी। दूसरे हाथ से कभी-कभी कान के ऊपर बाल ठीक कर लेती थीं। तेजपाल का चेहरा खिला था। तब मैंने जाना, तेजपाल कहीं भीतर गहराई में उन्हें बहुत प्यार भी करते हैं।

लेकिन उस क्षण गहरी काहिया वर्दी में रंग-बिरंगे रिबन लगाए मेजर तेजपाल और आसमानी कपड़ों में फूट पड़ते निष्कलुष सौन्दर्य की आभा को देखकर किसी ने मन ही में बहुत ज़ोर से दुहराया—ब्यूटी एंड द बीस्ट!

पिकनिक फिर कैसी हुई, मुझे पता नहीं। मेजर तेजपाल का चेहरा देखकर मुझे उबकाई-सी आती थी। उनकी कनपटियों पर सफ़ेद होते बाल बड़े भद्दे लगते थे और बालों से भरी कलाई पर घड़ी का चौड़ा-सा डायल घुमाते ही झलमला उठता था और जिसमें अंकों की जगह सुनहरी बिन्दियाँ रखी थीं और सेंटर सेकेंड की लाल सूई निरन्तर घूमती रहती थी...मैंने जब-जब उसे देखा तो लगा, जैसे

कोई परिचित चीज़ याद आ रही है...जैसे इस घड़ी के सुनहरे बिन्दियोंवाले डायल और लाल सूई का किसी चीज़ से निकट सम्बन्ध है...तभी एकाएक वह गोलियों का फूल स्मृति में कौंध गया...घड़ी के सुनहरे अंक गोलियों के पीतल के शरीर की याद दिला गए थे...फिर न जाने क्यों ऐसा लगा, जैसे सेकेंड की लाल सूई ऐसी जलती तीली है जो एक-एक अंक को जलाती हुई निकल जाती है!...और तब कल्पना में गोलियों का फूल आतिशबाज़ी की चरखी की तरह चलता हुआ घूमने लगता था...और हर बार कोई कहता था—यह आदमी अपने मनोरंजन के लिए एक हत्या को स्वीकार कर चुका है...जाने कितनी और की होंगी...और...

आज मैं सोचता हूँ कि रणधीर ने ठीक कहा था, वह आदमी ज़रा-सी बात में बेझिझक मुझे गोली मार सकता था। सच बात तो यह है कि उस दिन से मैं उनसे मन-ही-मन दहशत खाने लगा था। लेकिन मैं क्या सचमुच मिसेज़ तेजपाल को लेकर कोई ख़तरनाक खेल खेल रहा था? जहाँ तक स्मृति को कुरेदकर देखता हूँ, लगता है, ऐसा तो नहीं है। वे मुझे अच्छी लगती थीं, क्योंकि उनकी सुन्दरता और सजीवता के जादू से मैं अपने-आपको मुक्त नहीं कर पाता था। इस बात को वे भी जानती थीं और निगाहें मिलते ही हम दोनों इस तरह मुस्करा उठते थे, जैसे किसी व्यक्तिगत और साझे के रहस्य के दोनों हिस्सेदार हैं। उनके कुछ कमज़ोर और भावुक क्षणों में मैंने उन्हें देखा था। और यही हमारी आत्मीयता थी। मुझे तेजपाल पर क्रोध आता; मिसेज़ तेजपाल पर—जिनका नाम मैं आज तक नहीं जान सका, दया आती थी, उनके प्रति हमदर्दी होती थी...आज भी ऐसा लगता है, जैसे जाने-अनजाने पोज़ों में उनका चेहरा, वह बाल झटकारने का ख़ास अन्दाज़, सभी कुछ मेरे सामने साकार हो उठे हों! मुझे मन-ही-मन इस पर भी गर्व था कि उनके और मेरे बीच में कहीं कोई नाज़ुक, गहरा और शायद मधुर समझौता है। हम लोग मित्र हैं लेकिन बस, इसके आगे और कोई बात मेरे दिमाग़ में नहीं आती। मैं मानता हूँ कि उनका शरीर-सौन्दर्य आँखों को बाँध लेता था और उनमें वह चीज़ कूट-कूटकर भरी थी जिसे अंग्रेज़ी में

सेक्स अपील कहते हैं। लेकिन उनके शरीर-सौन्दर्य में कुछ था जो जाने किन स्वप्नों के रहस्य-लोकों में मन को पहुँचा देता था। उनकी बच्चों जैसी हरकतें बिलकुल बनावटी हैं, यह जानकर भी मन में उन पर क्रोध नहीं आता था। ख़ैर, जो भी हो, तेजपाल से मैं कतराता था और उनकी उपस्थिति में प्राय: मुझे बड़ी बेचैनी अनुभव होती थी। अब इसे समय का प्रभाव कहिए या कुछ और कि जैसे ही मैं उनके सामने से हटा कि मन पर पड़ी उनकी छाप बदलती गई। बाद में जब भी एकाध बार उनका ज़िक्र आया तो 'अरे वो हमारे तेजपाल' कहकर ही उनका नाम याद आता। मन-ही-मन मैं उन्हें दोस्त समझने लगा था, क्योंकि आगे उस रूप में मिलने की कभी उम्मीद नहीं थी।

लेकिन आज उन्होंने मुझे पहचाना तक नहीं। कॉफ़ी हाउस में अगर वे पहचान लेते तो मैं ही उन्हें जी भरकर कॉफ़ी पिलाता और इतने पुराने परिचित के मिलने पर ख़ुश होता। लेकिन आज तो उन्होंने जैसे अनजाने, पर खुले रूप में शत्रु ही घोषित कर दिया...मगर बीनू कहती है कि वे बेचारे तो अपने होश में नहीं थे! वे तो राँची से छूटकर आए हैं...जाने क्यों पागल हो गए? मिसेज़ तेजपाल जाने कहाँ होंगी...कैसी होंगी जाने...

और मेरा मन घूमने में कतई नहीं लगा। यों ही सिगरटें फूँकता लौट आया। क्वार्टरों में अँधेरा हो चुका था। मुश्किल से दस बजे होंगे और यहाँ आधी रात हो गई लगती है। कहीं एक पिछले बरामदे में हल्की रोशनी दीखती थी, अर्दली सुबह के लिए साहब के परेड के कपड़े लगा रहा होगा। गेट के दरबान ने अपना ताला बन्द कर लिया था। बग़ल के रास्ते से मैं भीतर की सड़क पर आ गया। कुहनी पर जिस दिन पट्टी बँधी थी, उस दिन मिसेज़ तेजपाल यहीं तो मुझे मिली थीं। दाहिनी ओर वे चल रही थीं और बाईं ओर कुतिया उन्हें घास की ओर खींचे जा रही थी। मन पर बड़ा बोझ घुमड़ आया। मान लो, किसी दूसरी जगह वे मुझे मिलें तो मैं उन्हें पहचान लूँगा? या मुझे देखकर क्या वे ख़ुद ही चहककर पूछेंगी, "कहो, अपनी फाँसी-वाँसी को कहाँ छोड़ आए...?"

अपने फ़्लैट की घंटी बजाई। दरवाज़ा खुलने की राह देखते हुए मुझे ऐसा लगा कि अगर जल्दी ही दरवाज़ा नहीं खुलता तो मैं यहीं ज़मीन पर बैठ जाऊँगा। दूसरी बार घंटी बजानेवाला ही था कि किवाड़ों का काँच भक् से जल उठा, यानी भीतर बरामदे की बत्ती जली। चटखनी खुली। बड़े-बड़े फूलोंवाला स्लीपिंग गाउन चढ़ाए बीनू थी। एक हाथ से अपने गालों पर किसी क्रीम की मालिश कर रही थी, "बड़ी देर कर दी..."

भीतर बरामदे में आकर, दरवाज़ा बन्द करके उसके लौटने की राह देखते हुए मैं बोला, "हाँ, यों ही। यहाँ अकेले बैठे-बैठे मन नहीं लग रहा था, सो ज़रा-सा टहलने निकल गया। अब तो क़िले के पास भी बहुत से क्वार्टर बन गए हैं। पहले तो नहीं थे।"

"हाँ। ये तो तभी बन गए थे। अख़बारवालों ने तो बहुत शोर मचाया कि कलकत्ते की सारी सुन्दरता ही इस मैदान की वजह से है। अगर यों क्वार्टर या और चीज़ें बनती चली गईं तब तो बस यही याद करने को रह जाएगा कि यहाँ कभी मैदान था।"

"रणधीर सो गया क्या?" मैंने अपने कमरे की ओर जाते हुए पूछा।

"अरे मैंने कहा, डी.जी. साहब, शाम को मेजर तेजपाल मिले थे, इस वक़्त कहीं मिसेज़ तेजपाल तो नहीं मिल गईं...?" मेरी बात के जवाब में भीतर से रणधीर की आवाज़ आई। फिर वह ख़ुद ही हो-हो करके दबी-सी हँसी हँसा। रात में हँसी की आवाज़ बाहर भी जाती है।

पर्दा हटाकर मैं भीतर आ गया। टाँगों पर रज़ाई डाले, पलँग पर सिरहाने के साथ टिका, रणधीर कोई किताब पढ़ रहा था। किताब रज़ाई पर औंधी रखकर मेरी ओर देखता बोला, "सुना, आज आपको मेजर तेजपाल मिले थे...? बैठ-बैठ, फिर थोड़ी देर बाद जाकर सोना।" और उसने मेरे बैठने के लिए अपनी टाँगें समेट लीं। लगा, इस समय वह बातें करने के मूड में है। उसने किताब बीनू वाली ख़ाली पलँग पर रख दी। दोनों पलँग सटे हुए बिछे थे। ऊपर अनखुली मसहरियाँ चाँदनी की तरह तनी थीं। बीनू ड्रेसिंग टेबल के

सामनेवाले स्टूल पर आ बैठी और अँगुलियों में जाने कौन-कौन क्रीम, लोशन लगा-लगाकर चेहरे पर मालिश करती हुई हमारी बातें सुनने लगी।

मैंने सचमुच परेशानी से कहा, "यार, इतना बड़ा धोखा कैसे हो सकता है? इस आदमी की शक्ल तो हूबहू तेजपाल से मिलती थी। फिर इस बीनू ने यह बताकर मेरा शक और भी पक्का कर दिया कि उनका दिमाग़ ख़राब हो गया था, क्योंकि जिस ढंग से उस आदमी ने बातें कीं, वह सही दिमाग़वाले आदमी की बातें थीं ही नहीं।"

रणधीर को अभी विश्वास नहीं हुआ। हँसकर बोला, "अरे जनाब, यही तो मैंने कहा कि—वह तो मेजर तेजपाल थे, अगर किसी दिन मिसेज़ तेजपाल मिल गईं तो हमें अस्पताल में आपकी तलाश करनी पड़ेगी। आपके दिमाग़ में तो वही छाई हैं न, सो क्या ठीक है, जाने किस दिन किसी को भी जाकर पकड़ लें कि आप मिसेज़ तेजपाल हैं।"

इस बार उसके मज़ाक़ पर ध्यान न देकर मैंने परेशान स्वर में कहा, "मज़ाक़ छोड़ यार, बता न, कहाँ हैं आजकल वे? मेजर तेजपाल को क्या हुआ था?"

शीशे में बीनू का पूरा शरीर दिखाई दे रहा था—उसके साथ ही मेरी परछाईं और पीछे का ख़ाली पलँग, ऊपर लटका बल्ब। होंठों पर अँगुलियों से मलने के बहाने अपनी दुष्ट हँसी छिपाती हुई बोली, "बता क्यों नहीं देते? खलबली के मारे बेचारे को रात-भर नींद नहीं आएगी।"

"भई, जानने की उत्सुकता तो है ही...।" मैंने स्वीकार किया।

"अरे तुझे तो ख़त लिखती होगी न, तेरी तो दोस्त थी...मोस्ट इंटीमेट फ्रेंड..." उसकी मुस्कराहट में मेरी बेचैनी का मज़ा लेने का भाव था। उसकी हर मुद्रा मानो कह रही थी कि मिसेज़ तेजपाल की बात सुनकर रहा नहीं जा रहा न...

मुझे ऐसी झुँझलाहट आ रही थी कि उसके बाल नोंच लूँ, इस वक़्त भी यह मज़ाक़ करने से बाज़ नहीं आ रही। मैंने आजिज़ी से कहा, "बीनू, तुम्हारे हाथ जोड़ता हूँ, इस वक़्त मज़ाक़ मत करो। न बताना चाहो तो कोई बात नहीं..."

बीनू की गर्दन मुड़ी, एक बार निगाहें रणधीर से और फिर मुझसे मिलीं।

सहसा वह गम्भीर हो गई। बोली, "ज़्यादा तो ये ही जानें, इन्हीं के साथ तो थे मेजर तेजपाल उस वक़्त। मैं तो यहाँ की बात जानती हूँ।"

इस बार जैसे कहीं दूर खोकर रणधीर बोला, "वह तो बहुत ही गम्भीर केस हो गया भाई। हममें से किसी को भी अन्दाज़ा नहीं था कि बात यह होगी। यह लोग तो यही समझते थे कि दोनों का स्वभाव नहीं मिलता...लेकिन भीतर इतनी बड़ी ट्रैजेडी होगी..."

ये लोग साफ़-साफ़ क्यों नहीं बता देते? क्यों मेरी उत्सुकता को खींचे चले जा रहे हैं? मैंने दोनों घुटनों पर हाथ रख लिये, अगर अब नहीं बताया तो मैं उठकर चला जाऊँगा। चिन्तित मुँह बनाकर पूछा, "क्यों? कहीं कोई ऐसी-वैसी बात हो गई क्या?" तभी वही पुराना मज़ाक़ दुहराने का लोभ संवरण नहीं कर पाया, "दाने को कोई चुग गया क्या?"

"नहीं..." सोचता-सा रणधीर बोला, "चुग-चुगा तो कोई नहीं गया। हाँ, दाने को ही पर निकल आए सो एक दिन फुर्र..." उसने हाथ से चिड़िया उड़ने का इशारा किया।

"हैं...?" मैं चिहुँक-सा पड़ा, "सच? मज़ाक़ तो नहीं कर रहा?"

रणधीर अब भी नहीं हँसा। उसी तरह बोला, "हाँ, मज़ाक़ नहीं। उसी से उस बेचारे तेजपाल का दिमाग़ ख़राब हो गया। चाहे जो कहो, आदमी उस पर जान देता था। वैसे भी—ही वॉज़ ए फ़ाइन चैप..."

"वे चाहे जान देते हों, लेकिन मिसेज़ तेजपाल ने तो शुरू से ही उन्हें पसन्द नहीं किया...लगता था, जैसे वे उनकी छाया से दिन-रात बचती रहती हों और हमेशा अपने को कुतिया और गुड्डी में बहलाए रखना चाहती हों!" बीनू ने बाल खोलकर कन्धे के ऊपर से सामने की ओर कर लिये और तेल की प्याली में अँगुलियाँ डुबा-डुबाकर धीरे-धीरे बालों की लटों में लगाने लगी थी, "तेजपाल के कैम्प चले जाने के बाद तो सचमुच उनकी हालत अजीब हो गई थी। उन दिनों ज़रूर लगा, जैसे वे या तो उन्हें बहुत ही याद कर रही हैं या बड़ी मानसिक कशमकश में से गुज़र रही हैं..."

"क्यों, कैम्प क्या बहुत दिनों को गए थे?" मैंने पूछा।

"पूरे दो महीने का था। पहले तो उन्होंने मिसेज़ को घर भेजने की बहुत ज़िद की, लेकिन वे नहीं ही मानीं। बोलीं, यहीं रहूँगी। वहाँ मुझे अच्छा नहीं लगता। ख़ैर, यहीं रहने लगीं। वही दिन-दिन-भर गाना और कभी गुड्डी और कभी कुतिया को लिये हुए इधर से उधर घूमना। कुतिया को लिए हुए ईडन-गार्डन तक घूमने जातीं। मिसेज़ रुद्रा को गुड्डी को इतनी-इतनी देर तक छोड़ना अच्छा नहीं लगता था; लेकिन हम लोग समझा देते कि बेचारी अकेली हैं। आपका क्या है, उनका मन लग जाता है। मिसेज़ रुद्रा को यह अन्धविश्वास भी था कि कहीं गुड्डी को वे कुछ कर-करा न दें। किसी आया ने शायद बता दिया कि जिन औरतों के बच्चे नहीं होते, वे कुछ उस तरह की उल्टी-सीधी बातें करती हैं। और एक दिन उन्होंने मिसेज़ रुद्रा के चेहरे पर जाने क्या पढ़ा कि उस दिन से न तो रुद्रा के घर गईं, न कभी गुड्डी को साथ ले गईं—बस, दूर से ही टा-टा कर लेतीं। शुरू-शुरू में दो-एक दिन तो हमारे यहाँ अड्डा जमाए रखा...इस बीच में कई बार कहा, 'मिसेज़ रुद्रा बड़े ओछे दिल की हैं।' मैंने कई बार पूछा; लेकिन बताया कुछ भी नहीं। बस, यही पूछती थीं कि 'आपका किशोर कब आएगा?' लेकिन एक बात की ओर हम सभी लोगों का ध्यान जाए बिना नहीं रहा कि धीरे-धीरे उनका गाना कम होता चला गया। इसके साथ-साथ ही औरों के यहाँ आना-जाना भी घटा। हमने सोचा कि बेचारी अकेली हैं, परदेस में हम लोग ही तो उनके अपने हैं, सो मैं अक्सर उन्हें देखने जाने लगी। लेकिन उनके व्यवहार में एक ऐसी अजीब निर्जीवता और उदासीनता आने लगी थी कि भई, फिर हमने भी जाना बन्द कर दिया। वे अक्सर मोटी-मोटी किताबें लेकर बैठी रहतीं। ये मुझे अक्सर कहते—'आजकल ग्रामोफ़ोन चुप क्यों है? दाना आज दिन-भर नहीं दिखाई दिया! तबीयत तो ख़राब नहीं है, तुम्हीं देख आओ...'"

रणधीर ने अपनी सफ़ाई दी, "मैंने सोचा कि अकेली औरत है। कभी किसी चीज़ की ज़रूरत ही पड़ जाए। अकेले मन भी तो नहीं लगता होगा। मान लो, आज मैं ही कैम्प चला जाऊँ तो पास-पड़ोसवालों पर ही तो इन्हें

छोड़कर जाऊँगा या नहीं? इसीलिए मैं कहता कि दोपहर में उनके साथ ज़रा ताश-वाश खेल लिया करो..."

बीनू ने मुस्कराकर बात काट दी, "तो मैं आपसे कुछ कह थोड़े ही रही हूँ? आप अपनी सफ़ाई क्यों दे रहे हैं?" फिर अपनी बात का आनन्द लेती हुई मेरी ओर मुड़ी, "सो जब भी अक्सर इनसे मुलाक़ात होती, आम ज़बान में शहद घोलकर कहते, 'मिसेज़ तेजपाल, आपकी तबियत-वबियत तो ख़राब नहीं रहती? वैसे तो आप ख़ुद ही तकल्लुफ़ में विश्वास नहीं रखतीं—कि कुछ सोचेंगी नहीं, लेकिन हमारे लायक़ कोई काम हो तो बिना संकोच के बताइए। आपका यों सुस्त रहना सारी जुबली-लाइंस को अखर रहा है। हमें तो बिना गाना सुने खाना हज़म होना बन्द हो गया है। इस बीनू के साथ पहले आप मार्केटिंग, क्लब, सिनेमा वग़ैरह तब भी चली जाती थीं, दिन-भर कुछ-न-कुछ करती रहती थीं, अब आपने वह भी बन्द कर दिया...' लेकिन उन्होंने इन्हें कभी लिफ्ट नहीं दिया। एकाध बार तो इन्होंने मज़ाक़ में कह भी दिया, 'मेजर तेजपाल को बहुत ही मिस कर रही हैं क्या? अगले हफ़्ते मुझे भी कैम्प जाना है। उन्हीं के साथ पड़ा है। जाऊँगा तो कह दूँगा।' वे थैंक्स कहकर चुप हो गईं। फिर सुस्त-सी हँसी हँसकर बोलीं, 'नहीं, ऐसी कोई ख़ास बात तो नहीं है।' ये अपना-सा मुँह लेकर रह गए..."

रणधीर नई जलाई सिगरेट का कश खींचने की व्यस्तता में अपनी झेंप-भरी मुस्कराहट छिपाता रहा, "नो बीनू! ऐसी कोई बात नहीं थी। डौंट बी सिली। मैं तो यों ही कर्टसी के लिए पूछता था।"

"हाँ-हाँ, तो मैं कौन-सा कोई दूसरा मतलब लगा रही हूँ?" वह रहस्यमय ढंग से मुस्कराई। फिर अपने क़िस्से पर जाकर बोली, "किटी को सुबह-शाम घुमाने वे ज़रूर ले जातीं। इस प्रोग्राम में कभी लापरवाही नहीं हुई। वर्ना दिन-भर इस बरामदे में, कभी उस बरामदे में रेलिंग के सहारे खड़ी-खड़ी कुहनियाँ टिकाए, होंठों को नोचा करतीं...मैंने उन्हें तीन-तीन, चार-चार घंटे यों ही खड़े देखा है...जाने क्या देखा करतीं, सूनी-सूनी आँखों से। यह तो सभी जानते थे कि हस्बैंड और वाइफ़ में बहुत ज़्यादा प्यार हो, ऐसा नहीं है; फिर भी हमने सोचा

कि उन्हें टीज़ करने, तंग करने के लिए ही सही, सारे दिन गाती-खिलखिलाती तो रहती थीं, एक रौनक़ बनी रहती थी। हम लोगों के लिए भी चर्चा के लिए कोई चीज़ थी। अब वह सब कुछ भी नहीं रह गया। जब जाओ तब कभी 'वार एंड पीस' पढ़ रही हैं, कभी 'ज्याँ क्रिस्तोफ'। हम घंटों चुपचाप बैठे रहते। हारकर पूछते, 'मिसेज़ तेजपाल, आपका मन कैसे लगता है इन किताबों में?' बस, जवाब में खोई-खोई-सी मुस्करा देतीं...मानो किसी दूसरी दुनिया में जाकर रहने लगी हों...हम सभी इस बात को महसूस करने लगे थे कि सिर्फ़ शरीर यहाँ है...वे अब यहाँ नहीं रहतीं...इसके बाद इनके भी ऑर्डर्स तेजपाल के साथ ही कैम्प जाने को आ गए। मेरे दो-एक हफ़्ते इनकी तैयारी और बाद की सँभाल में चले गए...इस बीच में मुझे दिल्ली भी जाना पड़ा...किशोर से मिलने।"

मैंने गम्भीरता से कहा, "ख़ैर, यह तो मैंने भी मार्क किया कि उनका यह गाना-खिलखिलाना बहुत स्वाभाविक और भीतर से फूटा हुआ नहीं था। लगता था, मेजर तेजपाल को चिढ़ाने के लिए ही वह सब करती हों..." और मुझे फिर हुगलीवाली शाम याद हो आई।

"भई, अब जो भी हो...उनके मन की बात तो भगवान ही जाने।" बीनू यों ही हथेलियों पर बालों के सिरे को लेकर तेल लगे हाथ मसलती रही, "लेकिन दिल्ली से आते ही उनमें एक और परिवर्तन की ओर हमारा ध्यान ज़रूर गया। दिन में दो-तीन बार मिसेज़ तेजपाल हमारे यहाँ यह पूछने आने लगीं कि 'पोस्टमैन आ गया क्या?' जैसे ही पोस्टमैन आता, वे दूर से ही अपना दरवाज़ा खोलकर खड़ी हो जातीं और जब वह नीचे से ही चला जाता तो उनका चेहरा देखने लायक़ हो जाता। वे हमारे यहाँ आतीं, 'ग़लती से हमारा कोई ख़त तो पोस्टमैन यहाँ नहीं डाल गया?' अक्सर किटी को घुमाती हुई हेस्टिंग्ज़ के पोस्ट ऑफ़िस जा पहुँचती...या गेट पर खड़ी-खड़ी दरबान से पूछा करतीं कि डाक किस-किस समय बँटती है। दूसरों के ख़त लेकर उनकी मोहर देखतीं और अक्सर शिकायत करतीं कि 'मुहर पर समय साढ़े आठ पड़ा है और ग्यारह बजे बाँटी जा रही है। इन डाकियों की शिकायत होनी चाहिए।' लगता

था कि ख़त पाने के लिए वे पागल रहती थीं...उनका रोम-रोम मानो साकार प्रतीक्षा बन गया था। उनका ख़त तो हमारे यहाँ नहीं आया; लेकिन एक दिन वे ट्रेनों का टाइम पूछने हमारे यहाँ आईं। एक हाथ में खुला पेन और दूसरे में आधे लिखे ख़त का पैड था। शायद ख़त में ट्रेन के आने या जाने का टाइम लिखना था, सो यों ही लिये भाग आईं। जब गईं तो मैंने देखा—ख़त का एक पन्ना मेज़ से उड़कर कुर्सी के नीचे जा गिरा है...मैंने इन्हें भी दिखाया। मेरी समझ में तो कुछ आया नहीं। जाने क्या-क्या लिखा था! उन्हें वापस लौटा देने के लिए मैंने वह पन्ना एक किताब में रख दिया और फिर ऐसी भूल गई कि बहुत खोजने पर भी नहीं मिला। इसीलिए जान-बूझकर उनसे ज़िक्र भी नहीं किया कि माँगेंगी तो क्या दूँगी। ये मुझसे लड़ते रहे कि अगर ऐसी ही याद पाई है तो उसे मेज़ पर ही रख देतीं, कम-से-कम उन्हें लौटा तो देते ही..."

रणधीर निहायत निर्विकार भाव से आँखें बन्द किये सिगरेट पी रहा था, उसने पीछे पीठ टिका ली थी। यों ही रहकर बोला, "तुम अपनी बात तो पूरी कर लो पहले..."

बीनू ने उसे देखा और मेरी ओर भौंह से इशारा किया। बोली, "हम लोग आश्चर्य करते और दिन-रात इसी बारे में बातें करते कि आख़िर मिसेज़ तेज़पाल को हो क्या गया? सपने में भी ख़याल नहीं था कि तेजपाल के बाद उनकी हालत यह हो जाएगी। हम तो सोचा करते थे कि वे उन लोगों में से हैं, जिन्हें कुएँ में भी डाल दो तो वहाँ भी गाती-गुनगुनाती रहें...लेकिन इन दिनों तो गाना उनका खो ही गया था..."

हममें से कोई कुछ पूछे इसके लिए थोड़ा-सा समय देकर बीनू ने आगे बताया, "और तब सुना, एक दिन उनके फ़्लैट से वॉयलिन की आवाज़ आ रही है। उन्हें वॉयलिन सीखने की धुन लग गई थी। एक काला-सा आदमी उन्होंने लगा लिया था जो रोज़ आकर उन्हें वॉयलिन सिखाया करता था। शायद मेजर अइयर ने वह ट्यूटर उन्हें सुझाया था। जब भी जाओ तो वॉयलिन बजा रही हैं...उसी के बारे में बातें...बाज़ार जाओ तो उसी की चीज़ों का वर्णन...उन्हीं की दुकानों

का चक्कर...हम लोग समझ गए थे कि ये सनकी हैं और जो भी इनके दिमाग़ में चढ़ जाता है, बस, उसी के पीछे हाथ धोकर पड़ जाती हैं। और इसके बाद न इन्हें खाने का होश रहता है, न सोने का। बस, किटी को घुमाने का काम वे बिना नागा नियमित रूप से करती थीं। कलाई में फीता लपेटे वे रोज़ दोनों वक़्त उसे घुमाने ले जातीं। लेकिन जैसे पहले उसके पीछे गाती, गुनगुनाती, कुलाँचें भरती-सी निहायत बेफ़िक्र मस्ती से चली जाती थीं, वह सब एकदम समाप्त हो गया था...अब तो लगता था, जैसे बीमार और मजबूर-सी उस तगड़ी कुतिया के पीछे-पीछे घिसटती चली जा रही हों...! हम लोगों को बड़ा तरस आता...देखो, इनकी क्या हालत हो गई है!...फिर एक दिन देखा कि सामान-वामान बाँधकर उन्होंने सीट रिज़र्व कराई और आकर बोलीं, 'मैं घर जा रही हूँ।' हम लोग कर ही क्या सकते थे? स्टेशन जाकर उनको और उनकी कुतिया को विदा कर आए... जाते-जाते रोने लगीं : 'गुड्डी की मुझे बड़ी याद आएगी।' बस, उस दिन के बाद से आज तक पता ही नहीं लगा कि कहाँ गईं..." बीनू का गला भर्रा आया।

थोड़ी देर हम लोग सभी चुप रहे। मानो उस प्रभाव को आत्मसात करते रहे। उनका दुख मुझे भीतर-ही-भीतर जैसे सालने लगा। गले का थूक लीलकर मैंने पूछा, "उस ख़त के पन्ने में क्या लिखा था?"

"एक शायरी थी और भी जाने क्या-क्या था..." बीनू ने बताया।

तब रणधीर ने आँखें खोलीं और फ्रिजिडियर के पासवाली अलमारी की ओर इशारा करके कहा, "वे चर्चिल के 'वॉर मैमॉयर्स' रखे हैं न, उनकी बाएँ सिरेवाली जिल्द में रखा है ख़त।"

"हैं?" मैं ज़ोर से उछल पड़ा। लपककर किताब उठाई और भूखे की तरह पन्ने पलटकर ख़त खोजने लगा।

"आपको पन्ना मिल गया और आपने हमें बताया नहीं...?" बीनू ने शिकायत के लहजे में कहा।

"अभी सात-आठ दिन पहले ही किताब के पन्ने पलटते-पलटते दीख गया..." फिर मुझसे बोला, "वह है न, नीला-सा कोना..."

मैंने नीला काग़ज़ खींच लिया। देखा, किसी बड़े ख़त के बीच का हिस्सा था। एक बार पढ़ा, दो बार पढ़ा, तब कहीं बड़ी मुश्किल से समझ में आया कि मैं क्या पढ़ रहा हूँ। काग़ज़ एकदम यों शुरू होता था :

"...तनाव टूट जाने की स्थिति तक आ पहुँचा है। सारे दिन अकेली बैठी-बैठी पढ़ा करती हूँ, लेकिन कुछ भी पढ़ नहीं पाती। किताबें खुली रहती हैं, पन्ने पलटे जाते हैं, आँखें अक्षरों और लाइनों पर घूमा करती हैं और लगता है, दिमाग़ के बोझ से पलकें बन्द हो-हो जाती हैं। पता नहीं रहता कि चारों तरफ़ क्या होता रहता है, जाने यह क्या हो गया मुझे! सारे दिन सर्दी लगती रहती है और बदन पसीने से तर-बतर रहता है। नींद पूरी तरह नहीं आती। जाने क्या-क्या घूमा करता है दिमाग़ में!

"...याद है, एक बार तुमने लिखा था—हम लोग एक-दूसरे को सँभालने, सँवारने और बनाने में मदद दें, दुख और कमज़ोरी के क्षणों में उसे बाँटकर एक-दूसरे को हल्का कर सकें, बल दे सकें...।—कुछ कर सकते हो, बोलो...? मेरे दिमाग़ से यह बोझ उतार सकोगे? इस तनाव से पीछा छुड़ा सकते हो...? मानोगे, मैं आजिज़ आ गई हूँ...

"...सुनो, एक हफ़्ते-भर को यहाँ आ जाओ न...मैं कतई परेशान नहीं करूँगी तुम्हें, सारा दिन...कुछ देर बातें करेंगे, बस, फिर तुम बैठे वॉयलिन बजाया करना...मैं चुपचाप सुना करूँगी...

...साहिर की लाइनें बार-बार तुम्हें लिखने को मन करता है :

कहीं ऐसा न हो कि मेरे पाँव थर्रा जाएँ
और तेरी मरमरी बाँहों का सहारा न मिले
अश्क बहते रहें, ख़ामोश सियह रातों में...
और तेरे रेशमी आँचल का किनारा न मिले...

बस, ख़त यहीं समाप्त हो गया था। जाने क्या लिखा होगा अगले पन्नों में? मैं बड़ी देर सोचता रहा। जानता था, यह पत्र मेरे लिए नहीं हो सकता...फिर

भी एक ठंडी साँस दिल को चीरती चली गई—काश, यह ख़त मेरे लिए ही लिखा गया होता!...

"देखूँ, मैं भी देखूँ, क्या मतलब निकलता है इसका...?" बीनू के स्वर और ख़त लेने को बढ़े हाथ से मैं जैसे तन्द्रा से चौंक पड़ा...किसी वॉयलिन बजानेवाले की बात उस दिन हुगली के किनारे बताई तो थी। गहरी साँस लेकर बात को पूरा किया, "तो इसी ग़म ने मेजर तेजपाल को पागल कर दिया?"

इस बार रणधीर सीधा उठकर बैठ गया। सिरहाने दूध के गिलासवाली मेज़ पर रखी जूते के आकार की एश-ट्रे में सिगरेट डालकर उसने दोनों हाथों को पहलवानों की तरह छाती पर कस लिया, निचला होंठ सिकोड़कर चबाया और बड़ी संजीदगी से गर्दन हिलाकर बोला, "नॉट एक्ज़ैक्टली...नहीं, इस ग़म ने मेजर तेजपाल को पागल नहीं किया। वह ग़म बहुत गहरा था, दूसरा था। जैसा कि तुम कहते हो न, कि मिसेज़ तेजपाल का गाना, चहचहाना सब बनावटी और नक़ली लगते थे, उसी तरह मुझे भी लगता है कि मेजर तेजपाल का दबदबा, ख़ूँख़ारपना, और कठोरता भी असली नहीं थे...और दोनों अपने-अपने नकली हथियारों से एक-दूसरे से लड़ रहे थे...मज़ा यह कि दोनों जानते थे कि हथियार दोनों के पास नकली हैं...यह लड़ाई ख़ुद नकली है! असली मोर्चा तो कुछ भीतरी ही था और वहीं वह उन्हें हरा गई..."

"क्या मतलब?" रणधीर ने इतनी सारी बात कही और सचमुच मेरी समझ में कुछ नहीं आया। पूछा, "वे कैम्प जा पहुँचीं क्या?"

"नहीं जी, वे कैम्प क्यों पहुँचतीं?" और फिर आँखें बन्द करके उसने कहा, "बात असल में यों हुई कि...भई, मेजर तेजपाल को तो तुमने देखा ही था। शुरू से ही रिज़र्व्ड रहते थे। मूड में हुए तो बोल लिये, नहीं तो बहुत कम ही बोलते-चालते थे। एक दिन लालटेन बीच में रखे हम लोग ख़ाली वक़्त में कोई ज़रूरी काग़ज़ देख रहे थे। मेज़ पर आमने-सामने बैठे थे। तभी अर्दली ने डाक लाकर दी। उनका भी ख़त था। उन्होंने लिफ़ाफ़ा खोला, ख़त निकालकर पढ़ा और फिर रख दिया। थोड़ी देर चुप रहे। मैं समझ तो गया कि

ख़त मिसेज़ तेजपाल का है, फिर भी पूछा, 'किसका है? कोई ख़ास बात है क्या?'—तो जवाब दिया, 'नहीं, यों ही पूछा है, घर चली जाऊँ?' ख़ैर, हम लोग फिर काम में लग गए। मुझे लगा, जैसे मेजर तेजपाल का मन काम में लग नहीं रहा। थोड़ी देर बाद उन्होंने फिर लिफ़ाफ़ा उठाया, पढ़ा और फिर वहीं रख दिया। मैंने सोचा, काम सुबह हो जाएगा। इस वक़्त इन्हें अपने सोचने के लिए अकेला छोड़ दूँ। सो डिनर पर मिलने को कहकर मैं भी उठ आया। खाने पर जब वे नहीं पहुँचे तो पता लगवाया। अर्दली ने जाकर कहा कि 'साहब तो बन्दूक़ लेकर गया है। कह गया है कि हम शिकार पर जाता है।' मुझे अजीब-सा लगा। इतने दिन हो गए, इस वक़्त तो कभी शिकार पर नहीं गए! लेकिन दो दिन पहले ही वे गाँव के एक आदमी से नीलगायों के बारे में बातें कर रहे थे, सोचा, शायद उनके साथ कोई समय तय कर डाला हो! लेकिन बिना मुझे बताए चले जाना कुछ समझ में नहीं आया।

"दूसरे दिन पता लगा कि उस रात को वे पास की पहाड़ी पर चले गए थे और वहाँ उन्होंने अन्धाधुन्ध आसमान की ओर फायर किये थे। सुबह जब अर्दली ने आकर बेड-टी लगाई तो धक्का मारकर उसे दूर फेंक दिया। परेड पर आए तो बड़ा अजीब हाल, वही रात के कपड़े, हजामत बढ़ी हुई, रात-भर का जगा, भारी-भारी आँखोंवाला मनहूस चेहरा। मैंने पास जाकर कन्धे पर हाथ रखा, हमदर्दी से पूछा, 'वाट्स रौंग चैप...' तो अचानक मेरा हाथ झटककर पागलों की तरह एक तरफ़ भाग खड़े हुए। झाड़ी, पत्थर, गड्ढे, काँटे-कंकड़ कुछ भी नहीं देखा...जाने कहाँ-कहाँ भागते फिरे! सारे कपड़े फाड़ लिये। बदन में जगह-जगह खरोंचे पड़ गए...सारा शरीर ख़ून से रंगीन हो गया। लोगों ने भागकर पकड़ा तो लगे लात-घूँसों से मारने!...वहीं के दो-एक आदमियों ने बताया, 'सा'ब, इन पर देवी आ गई है।' मैंने सबको भगा दिया और बार-बार प्यार से पूछने लगा, 'मेजर तेजपाल, ये आप क्या कर रहे हैं? कुछ तो सोचिए, आपको यह हो क्या गया है? ये लड़के लोग भी क्या सोचेंगे?' लेकिन मेरी बात का जवाब न देकर बस, एक-से-एक बुरी-बुरी गन्दी गालियाँ देते और

हर तीसरे मिनट कहते : 'मैं गोली मार दूँगा।' उस वक़्त उन्होंने किसी की एक नहीं सुनी। यह तो कहो, उनके दिमाग़ में नहीं आया; वर्ना अगर कहीं ईंट-पत्थर मारने की बात दिमाग़ में आ जाती तो दो-एक को घायल कर डालते। सँभालना भी मुश्किल हो जाता। दो-चार आदमियों के तो यों भी बस के नहीं थे। ख़ैर, जब उन्हें पकड़कर कैम्प लाए तो उनका बुख़ार कुछ-कुछ उतर गया था और वे अच्छे-भले, लेकिन बीमार आदमी की तरह व्यवहार करने लगे थे। बहुत देर माफ़ी-वाफ़ी माँगते रहे। बोले, 'यार धीर, मुझे जाने क्या हो गया था! बुरा मत मानना, प्लीज़! आइम सो सॉरी, रीयली।' मैंने भी उन्हें समझाया, 'कोई बात नहीं, कोई बात नहीं! आप अब आराम कर लें।' सोचा कि कोई लहर आ गई थी, अब गुज़र गई। थोड़ी देर उनका माथा-वाथा सहलाता रहा। सोचा, इस वक़्त ज़्यादा सवाल-जवाब करना ठीक नहीं है। दो आदमी पहरे पर रखकर चला आया। वे सारे दिन कम्बल ओढ़े पड़े रहे। कैप्टन मक्रीजा ने आकर देखा, बिलकुल नॉर्मल आदमी थे। हाँ, वह ख़त उन्होंने जाने कब फाड़-फूड़ डाला और जब मक्रीजा ने उसके बारे में बहुत पूछा तो डाँट दिया, 'वह मेरा अपना पर्सनल मामला है।' दिन-भर कुछ भी नहीं खाया-पिया। सारा बदन अंगारों की तरह तपता रहा, एक पल को आँख नहीं लगी। किसी से कुछ बोले भी नहीं..."

"वह ख़त नहीं देखा...?" मैंने पूछा।

"वही तो ग़लती हो गई। उसे देख लेता तब तो सारी बात का पता ही चल जाता। ख़ैर, दूसरे दिन संध्या को बोले, 'मैं ज़रा टहलूँगा।' इन लोगों ने भी सोचा कि भले आदमी की तरह, छत्तीस घंटे हो चुके हैं, अब बुख़ार उतर गया होगा। उनके बैरा को साथ करके उन्हें टहलने भेज दिया। झुटपुटे का समय था। वे आगे-आगे थे, बैरा कुछ दूरी पर चल रहा था। रास्ते-भर दोनों चुप रहे। लेकिन आते वक़्त उन्हें एक औरत मिल गई। वह अपने खेत से पोटली सिर पर लादे घर आ रही थी। बस, उसे देखते ही उनका दिमाग़ फिर ख़राब हो गया। एक ही छलाँग में उसके सिर पर सवार हो गए। पूछा न ताछा और औरत को उठाकर धरती पर दे पटका। उसके सारे कपड़े-वपड़े

फाड़ डाले और जब तक उसकी चीख़-पुकार सुनकर, अर्दली की आवाज़ पर लोग दौड़े, तब तक उन्होंने उसके शरीर पर एक इंच कपड़ा नहीं रहने दिया था। गाँववालों ने कुछ शायद पीट-पाट भी दिया और लाकर कैम्प छोड़ गए। रात-भर उन्हें खाट से बाँधकर रखा गया। वे सारी रात चिल्लाते-चीख़ते रहे, 'मुझे छोड़ दो, मुझे छोड़ दो!' दूसरे दिन कैप्टन मक्रीजा ने रिपोर्ट दे दी कि इनका दिमाग़ ख़राब हो गया है और उन्हें जल्दी-से-जल्दी कैम्प से हटा देना ज़रूरी है। मक्रीजा के साथ उनकी नर्स भी थी। उसे देख-देखकर वे जैसी चेष्टाएँ करते थे, और जिस अश्लील और वीभत्स भाषा में कहनी-अनकहनी सुना रहे थे, उसे देखकर नर्स को वहाँ से हटा देना पड़ा। इससे यह तो साफ़ हो गया कि औरत की सूरत देखते ही उनका पागलपन भड़क उठता है। इसके बाद उन्हें राँची पहुँचा दिया गया...सच कहता हूँ, मैं तो उस बेचारे की बात आज भी सोचता हूँ तो बड़ा दुख होता है। मेरे साथ ही 'प्रमोशन' मिलनेवाला था। शुरू के दिनों की रिपोर्ट के बारे में मक्रीजा बताता था कि खम्भा, पेड़, किवाड़ उनके सामने जो भी पड़ जाता, उससे लिपट जाते, उसके साथ अश्लील चेष्टाएँ करते और ख़ुद अपने-आपको लहूलुहान कर डालते..." रणधीर दर्द से बोलता रहा और मुझे पहली बार ऊपर का बल्ब उसकी नम आँखों में झलमलाता दिखाई दिया।

कुछ देर चुप्पी छाई रही। बीनू ने भी ख़त पढ़कर किताब में रख दिया था और किताब को दोनों हथेलियों में दाबे, घुटनों पर रखे चुपचाप कुछ सोचती बैठी थी। शीशे में उसकी कनपटी को ढकते, कन्धे से सामने आते बाल लटके थे। मैं फिर बोला, "ख़ैर, ख़त तो नहीं पढ़ा जा सका, लेकिन जो कुछ वे बकते थे, उससे कुछ अन्दाज़ तो लग ही सकता है। अक्सर क्या कहते थे?"

"चिल्ला-चिल्लाकर यही कहते थे कि मैं भी आदमी हूँ। मैं अभी दिखा दूँगा, मैं मर्द हूँ। लाओ, औरत लाओ, मेरे सामने, मैं अभी दिखाता हूँ..."

"हैं?" और बेचैनी से रणधीर को बात पूरी करने देने से पहले ही मैं चौंककर खड़ा हुआ, "अच्छा? यह सब कहते थे...? तब तो, तब तो..." मैं

अगली बात कैसे कहूँ, यह सोचकर हकलाने लगा, "तब तो इसका मतलब यह हुआ कि..."

लाचारी और असहाय भाव से रणधीर धीमे गले से बोला, "भई, कैसे कहूँ? मुझे तो आज भी विश्वास नहीं है...डॉक्टरी रिपोर्ट भी ऐसा नहीं कहती...।"

इस बार बीनू ने कहा, "सचमुच बड़ी वैसी औरत थी...उस बेचारे अच्छे-ख़ासे आदमी की ज़िन्दगी ख़राब कर दी...अरे, तुझे जाना ही था तो यों ही चली जाती!..."

लेकिन उस गम्भीर वातावरण में बीनू की बात को किसी ने महत्त्व नहीं दिया। और जाने कितनी देर हम लोग यों ही अलग-अलग बैठे सोचते रहे... मेरे दिमाग़ में एक के बाद एक तसवीरें कौंध रही थीं...

बरामदे की घड़ी ने जब घन्-घन् करके बारह घंटे बजाए तो गहरी साँस लेकर मैं उठा, "अच्छा, अब तुम लोग सोओ...मैं चलता हूँ...सचमुच सुनकर बड़ा अफ़सोस हुआ..."

और जैसे ही बीनू की गोद से किताब उठाकर चलने लगा कि अपनी गम्भीरता के पार बड़े खिसियाने-से ढंग से मुस्कराकर रणधीर ने मज़ाक़ किया, "अब इसे छाती पर रखकर सोना, बड़े ख़ूबसूरत सपने आएँगे..."

कोई बात कितनी नाज़ुक होती है और किस पर मज़ाक़ करना चाहिए, किस पर नहीं, यह तमीज़ इन मिलिटरीवालों को कभी नहीं आएगी—मैंने मन-ही-मन सोचा और चला आया। लेकिन यह सच है कि युद्ध के संस्मरणों के बीच दबा वह ख़त मेरे सिरहाने रखा रहा और मुझे रात-भर बड़े अजीब-अजीब सपने आते रहे। जैसे मैं मन-ही-मन अपने-आपसे बातें करता रहा। मैं अवचेतन रूप से रात-भर मिसेज़ तेजपाल और मेजर तेजपाल की ही बातें सोचता रहा...स्मृति के प्रोजेक्टर के सामने कुछ तसवीरें बार-बार उभर-उभरकर आती रहीं...मैं चाँदनी रात में ताजमहल के पास सीले-सीले लॉन में हथेलियों पर सिर रखे चित लेटा आसमान को ताके जा रहा हूँ...कोई सीढ़ियों पर घुटनों में सिर गड़ाए चुपचाप

बैठा है—यह छाया मेरी चेतना पर अंकित हो गई है।...होली के भूत जैसी शक्ल बनाए मेजर तेजपाल मिसेज़ तेजपाल की पीठ में बन्दूक़ की नली अड़ाए उन्हें जाने किस ऊबड़-खाबड़ रास्तों से धकेले लिये जा रहे हैं...गुड्डी के हाथ में ढेर से कमल के फूल देकर वे ख़ुद गुब्बारे उड़ाती हरियाले मैदान के ढाल पर मेरी ओर दौड़ी चली जा रही हैं...मैं देखता हूँ कि दौड़ते-दौड़ते मिसेज़ तेजपाल अचानक ग़ायब हो जाती हैं और उनकी जगह सिर्फ़ गुड्डी दौड़ती आती दिखाई देती है...वह अकेली ही भागी चली आ रही है...भयानक आँखोंवाली कमर से ऊँची और तगड़ी अलसेशियन कुतिया उन्हें सीढ़ियों पर, सड़क पर और न जाने कहाँ-कहाँ घसीटे लिये जा रही है...कलाई में चमड़े का फीता लपेटे, कुहनी पर सफ़ेद पट्टी बाँधे गाती हुई वे खिंची चली आ रही हैं...खिंची चली जा रही हैं...कमान बनीं...। अचानक देखता हूँ कि कुतिया के पीछे मिसेज़ तेजपाल नहीं, बल्कि गुड्डी खिंची चली आ रही है...आवाज़ मेरे गले तक आकर रह जाती है—'गुड्डी! कलाई से फीता छुड़ा लो। उसे छोड़ दो...वह कुतिया बड़ी भयानक है...तुम्हें जाने कहाँ गड्ढे-खाई में गिरा देगी'...और फिर सारी तसवीरें गोलियों के फूल में बदल जाती हैं...और यह फूल अँधेरे में आतिशबाज़ी की चरखी की तरह फूटता हुआ सारे आसमान को ढक लेता है...और बीचोबीच एक सेंटर-सेकेंड की सूई लपलपाती जीभ की तरह घूमती रहती है...

सारी रात मुझे लगा, जैसे कहीं बहुत गहरे से, एक निहायत ही महीन रोती-सी वॉयलिन की लहरी सुनाई देती रही...

सुबह एक गहरी छाप मन पर थी, पता नहीं, वह तगड़ी अलसेशियन कुतिया उन्हें खींचकर कहाँ ले गई...नहीं, वे ख़ुद नहीं गईं...!